El Club de las ZAPATILLAS ROJAS

M

El papel utilizado para la impresión de este libro ha sido fabricado a partir de madera procedente de bosques y plantaciones gestionadas con los más altos estándares ambientales, garantizando una explotación de los recursos sostenible con el medio ambiente y beneficiosa para las personas.

Por este motivo, Greenpeace acredita que este libro cumple los requisitos ambientales y sociales necesarios para ser considerado un libro «amigo de los bosques». El proyecto «Libros amigos de los bosques» promueve la conservación y el uso sostenible de los bosques, en especial de los Bosques Primarios, los últimos bosques vírgenes del planeta.

Papel certificado por el Forest Stewardship Council [FSC]®

FSC www.fsc.org MIXTO Papel procedente de fuentes responsables FSC® C117695

Primera edición: junio de 2014

Printed in Spain – Impreso en España

ISBN: 978-84-15580-74-4
Depósito legal: B-10.170-2014

Compuesto en Compaginem Llibres, S. L.
Impreso en Rotocayfo
Santa Perpetua de la Mogoda (Barcelona)

GT 8 0 7 4 4

ANA PUNSET

El Club de las
ZAPATILLAS ROJAS

¡Amigas forever!

Ilustraciones de **Paula González**

Montena

1

¡Buenos días en primavera!

Tenía la sonrisa más bonita del mundo. Lucía la distinguió a lo lejos en el pasillo, pero esperó a acercarse a él. Lo primero era lo primero. Acababa de subir las escaleras hacia el segundo piso para acudir a clase y las chicas estaban paradas delante de la puerta: Frida se reía de las tonterías que Raquel estuviera contando y contribuía con las suyas propias (las dos eran igual de graciosas y, también, de altas, como si estos dos fueran requisitos imprescindibles para formar parte del equipo de vóley del colegio); Bea tenía una cara de sueño que no se aguantaba, parecía no estar muy atenta al chiste (quizá porque se había pasado parte de la noche practicando con su violín); Susana se apoyaba en la puerta con ese gesto indiferente tan suyo, con el pañuelo azul marino rodeándole el cuello. Aunque no estaba resfriada, le gustaba llevarlo a menudo. Hasta que alguna profesora la reprendía aduciendo que esa prenda no formaba parte del uniforme y no tenía más remedio que quitárselo. En cuanto vieron aparecer a Lucía, las chicas cantaron:

—¡Cinco!

Dio varios saltos mientras gritaba «¡Sí!», porque sus amigas se estaban refiriendo a los días que faltaban para su cumpleaños.

—¿Has pensado qué vamos a hacer? —preguntó Frida, curiosa.

Sabía que las chicas no se habían molestado en preparar ninguna fiesta sorpresa porque bastante había repetido ya en el tiempo que llevaban juntas lo poco que le gustaban.

—Tengo algo en mente, pero antes quiero comprobar una cosa.

Para que no le preguntaran más, las interrogó sobre cómo habían pasado el fin de semana.

—A mí me ha tocado aguantar a mi hermano las veinticuatro horas, porque nos fuimos de excursión con toda la familia. Por poco me da algo... —dijo Frida resoplando.

—Tu hermano no es tan malo, no te quejes tanto. Cuando estabas con la pata coja no veas cómo te mimaba. Pobre Dani... —Lucía recordó los días que estuvo con el pie enyesado.

—Le diré que me lo has dicho. Se va a poner muy contento, está contigo que no duerme...

—¡Anda ya! No seas tonta.

—Sí, Lucía ya está ocupada. —La voz de Susana sonó con retintín, sin moverse del sitio.

—¿No vas a decir nada al pobre chico? —le preguntó Bea tapándose la boca con la mano, disimulada, para que no la oyeran.

—Eso, tía, mira cómo te suplica con los ojos. —A Raquel no le importaba que alguien la oyera.

Lucía se fijó en que Eric no le quitaba los ojos de encima desde donde estaba con Jaime y los otros chicos, justo enfrente, en la puerta de su clase.

—Sí, pero antes quería veros a vosotras. Ya sabéis que siempre sois las primeras en mi corazón.

Las chicas la llamaron cursi y la obligaron a marcharse ya, que estaba haciendo sufrir al chaval. Quedó en encontrarse con ellas dentro y se alejó de sus amigas para encaminarse hacia Eric, el chico más guapo del colegio, y también su novio. Se removió un poco el flequillo con los dedos para darle algo de volumen. Todavía no se podía creer la suerte que tenía, no se cansaba de contemplar esos ojos verdísimos y esa media melena rubia que le quedaba tan bien. Al ver que se acercaba, Eric se alejó de sus amigos y se encontró con ella a mitad de camino.

—Hola, Lucía.

—Hola, Eric.

Lucía tuvo que ponerse de puntillas para darle dos besos, su estatura no daba para más. Notaba perfectamente como le ardían las mejillas.

—¿Qué tal el finde?

—Bien, fuimos a celebrar el día de la madre a casa de mi abuela. ¿Y tú?

—Poca cosa. Partido de fútbol el sábado y unas vueltas con la bici el domingo.

—Qué bien...

Su fin de semana no había estado mal, aunque hubiera sido en familia. Como el tiempo se había portado, pudo tomar un poco el sol en camiseta de tirantes y con protección cincuenta (es lo que tiene ser pelirroja y con la piel transparente: que una no puede fiarse de que los rayos no vayan a hacerle ningún estropicio). Además, su abuela Agustina les preparó en el jardín una fideuá de la que habían sobrado tres fideos mal colocados, y de postre una tarta de chocolate con M&Ms que no tenía precio.

Pero, claro, Eric y ella llevaban intentando hacer planes desde que acabó Semana Santa, y de eso hacía ya más de un mes. Cuando uno estaba libre, el otro tenía los días ocupados. Eric estaba en el equipo de fútbol de su barrio y tenía partido casi todos los sábados o domingos, según les pillara. Ella todavía no había podido ir a verle a ninguno tampoco.

—Este sábado es tu cumpleaños —recordó Eric.

—Sí, es verdad —reconoció ella sonriente: ¡sí que se acordaba! Aunque tampoco tenía mucho mérito, pues tenía anunciada la cuenta atrás en Tuenti desde hacía un mes—. ¿Tienes planes?

—No, pensé que querrías celebrarlo.

—Sí sí sí. —Lo interrumpió hablando rápido antes de que se echara atrás: ¡al fin!—. Había pensado que podíamos ir todos al cine. Tú, Jaime, Raúl, Raquel, Frida, Susana, Bea y yo. ¿Qué opinas?

—Claro. Me apetece mucho.

Eric alargó la mano para coger la de Lucía, que sintió que un hormigueo le recorría el cuerpo entero. Todavía no se había acostumbrado a notar su tacto suave tan a menudo y aún la sorprendía. Aunque no podía verlas porque les daba la espalda, sabía que sus amigas la estaban vigilando en la distancia y, probablemente, cuchicheando entre ellas.

—A mí también.

Eric sonrió y Lucía se dejó llevar por el impulso de retirarle un mechón de pelo que le caía sobre la mejilla. Cuanto más le miraba más le costaba creer lo afortunada que era. Justo en ese momento sonó el timbre, rompiendo el hechizo. Era hora de entrar en clase.

—¿Nos vemos luego?

Como era casi imposible verse fuera del colegio, solían hablar un rato en los descansos. En algún recreo se habían sentado juntos, bajo el olivo de siempre, sus amigos y las chicas, pero ellos solían cansarse pronto porque preferían dedicar ese rato a jugar al fútbol o a cualquier otro deporte.

—Sí. Hasta luego.

Lucía se despidió y, tras soltarle la mano, se quedó mirando como entraba en clase y se iba a la esquina con su amigo Jaime. Cuando se dio cuenta de que no había dejado de sonreír en todo ese rato, empezó a dolerle la boca.

Ya en su sitio, se mentalizó para la clase de inglés que estaba a punto de empezar.

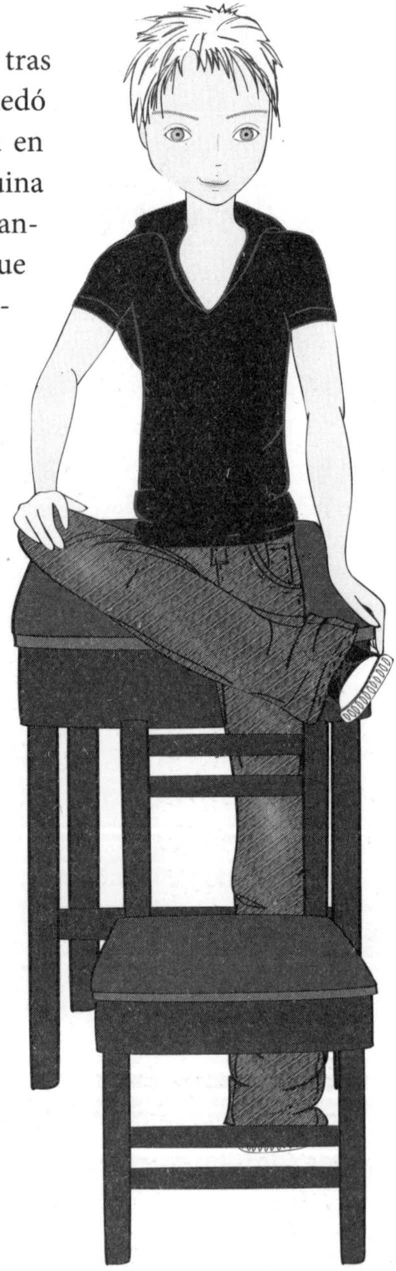

2

El chico nuevo está muy bueno

La profesora de inglés estaba presentando el tema del día cuando alguien llamó a la puerta. La Urraca apareció con su habitual vestimenta negra acompañada de un chico impresionante: llevaba el pelo corto y casi blanco de lo rubio que era. No iba vestido con uniforme, sino con unos tejanos y una sudadera negra con capucha algo ajustada. Sonreía con descaro al lado de la tutora, que lo condujo clavando los tacones en el suelo al frente del aula, donde aguardaba Mrs. Dolloway, molesta porque alguien había osado interrumpirla. Poco importaba que se tratara de la mismísima tutora de primero de ESO. Se estiró el pelo hacia el moño un poco más, como si no lo llevara lo suficientemente tirante, y se quitó arrugas invisibles de su vestido largo de color gris.

-Kay acaba de llegar del colegio Annie Heuser de Berlín y se va a quedar en esta clase hasta final de curso. No entiende el español perfectamente, así que hablad con él despacio. Ya puedes sentarte, Kay.

La Urraca le mostró con sus uñas rojas una mesa vacía de la primera fila, muy cerca de Marisa, la reina de las Pitiminís, que se lo comió con los ojos. Después, se quedó un rato hablando en voz baja con la profesora de inglés.

Lucía no podía apartar los ojos de Kay. Parecía algo mayor por su alta estatura y porque tenía los hombros bastante anchos. Además, estaba segura de que el colegio que había dicho la Urraca era el mismo al que iba Marta... ¿Podía haber tanta casualidad? Quizá se conocían. Lucía sacó el móvil mientras las profesoras hablaban e hizo una foto al recién llegado de perfil sin que se diera cuenta.

¿Lo conoces? le envió un whatsapp a Marta con la foto adjunta.

La Urraca se marchó y Lucía se pasó la hora entera mirando la nuca de Kay, que demostraba saber más inglés que cualquiera de ellos.

En cuanto Mrs. Dolloway salió de la clase, Lucía corrió hacia la mesa de Frida y se apoyó en la pared. Susana llegó también al poco. Apostaron a que Marisa sería la primera alumna de la clase que se acercaría a hablar con el alemán y, efectivamente, la reina de las Pitiminís no las defraudó.

—Mira cómo se toca el pelo.

La Pitiminí se enroscaba uno de sus mechones teñidos en los dedos, muy coqueta, mientras hablaba con Kay.

—A mí no me parece que sea para tanto.

El ideal de chico de Frida se acercaba mucho más al del hermano mayor de Bea, Marcos.

—Venga ya, pero si está buenísimo. Parece un vikingo.

Susana se mordió el piercing del labio que se había hecho hacía unas semanas sin apartar los ojos del chico nuevo.

—No está mal —soltó Lucía sin mucho interés—. Por cierto, ¡os tengo que contar el plan para mi cumpleaños!

Las demás escucharon atentas mientras Lucía compartía con ellas lo que había hablado antes con Eric.

—Yo sé de una que se va a poner de lo más contenta...

—¿Raquel? —adivinó Lucía—. Lo sé. Estoy deseando contárselo.

—Si la dejas, será tu esclava hasta que acabe el curso —soltó Susana, y las demás comenzaron a reírse.

—¿Qué os hace tanta gracias, pringadas?

Marisa se acercó a ellas caminando atrevida, balanceando la minifalda de tablas del uniforme. Se notaba perfectamente que se había puesto un poco de rímel... ¡para ir al colegio!

—No te importa —respondió Frida plantándole cara.

—Claro que no me importa. Pero parecéis unas frikis ahí cuchicheando secretitos todo el día. Kay va a pensar que se ha equivocado de curso. Deberíais volver a primaria.

Marisa se dio media vuelta para dirigirse a la mesa de otra Pitiminí que se estaba limando las uñas. Le robó la lima, se sentó en su mesa enseñando media pierna y miró de reojo a Kay para asegurarse de que la estaba observando. El alemán, sin embargo, escuchaba atentamente a Toni, el Musculitos, que estaba apoyado sobre su mesa hablando muy fuerte y separando las sílabas en plan indio para hacerse entender.

El profesor de tecnología no tardó en aparecer en el umbral de la puerta. Le llamaban el Chispas porque, aparte de que en el temario había conceptos sobre electricidad, tenía un tic en el ojo que le hacía parpadear rápido de vez en cuando, como si le dieran descargas.

—A vuestros sitios, venga —dijo el profe sin gritar mucho mientras caminaba hacia el escritorio casi arrastrándose.

No parecía tener muchas ganas de empezar la clase. Los lunes no solo eran duros para los alumnos.

Todos tomaron asiento y abrieron el libro. Ese día tocaba teoría; las veces que tenían taller era más divertido porque hacían experimentos prácticos y la clase pasaba más rápido. Lucía miró el reloj: habían pasado dos minutos. Estaba deseando que llegaran las once para salir al patio y compartir los planes del sábado con el resto del grupo. Pero, mientras tanto, podía recrearse mirando de reojo a Kay, que era realmente guapo. El chico parecía ser el único que tomaba apuntes y hacía caso a lo que explicaba el Chispas. Como le quedaba cerca, Marisa de vez en cuando le preguntaba si lo entendía todo. Aquella debía de ser la primera vez que la Pitiminí prestaba atención en clase de tecno...

Lucía notó que el móvil vibraba en el pupitre y lo miró aprovechando que el Chispas les daba la espalda para escribir algo en la pizarra. Pensó que sería Marta respondiendo a su pregunta sobre Kay, pero el mensaje estaba dentro del grupo de WhatsApp: ZR4E (Zapatillas Rojas For Ever).

FRIDA:
Ok a lo dl sbado. Xo vierns: runion dl Club n la buhardilla xa clbrarlo ants

LUCÍA:

BEA:
D ke ablais?

LUCÍA:
Luego t contamos. Xo fstival vierns i sbado xa clbrar mi cumpl!!!

Lucía se despidió cuando el profe se daba la vuelta hacia ellas.

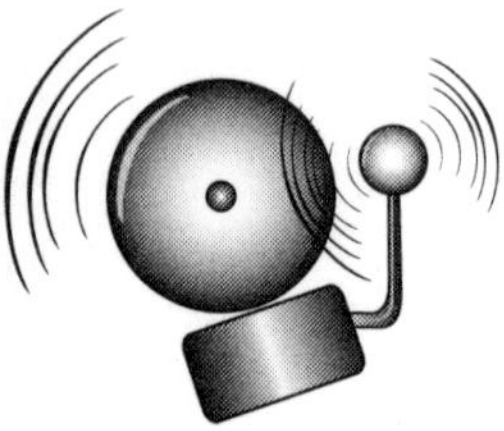

Nada más sonar el timbre, las chicas se reunieron con Raquel y Bea en el pasillo para salir al recreo juntas. Lucía se fijó en que Kay se alejaba hacia el patio con Toni y sus amigos, quizá el Musculitos quería ponerle sobre aviso para que no se acercara mucho a Marisa, con quien todos sabían que había tenido alguna historia. Esperó a que saliera Eric de la clase C y se acercó a él para saludarlo. Él iba a jugar al fútbol con Jaime y los demás, ella tomaría el sol debajo del olivo de siempre.

—Nos vemos a la hora de la comida —se despidió.

Eric se había recogido el pelo en una coleta y le sentaba estupendamente. Volvía a sonreír como una tonta, aunque no se dio cuenta hasta que Frida se rió de ella y recuperó un gesto más normal.

Ya en el patio, Lucía anunció a todo el grupo el plan para el sábado.

—¿Has dicho que también irá Jaime? —preguntó Raquel enarcando las cejas.

—Sí, me lo ha confirmado Eric —respondió Lucía aguantándose la risa.

El pie de Raquel empezaba a moverse arriba y abajo acelerado.

—¿Y qué peli veremos? ¿Qué haremos después? ¡Es la primera vez que quedamos fuera de clase, tía! ¿No estás nerviosa?

Lucía no pudo aguantar más y comenzó a reírse, como las demás.

—Muy graciosas —soltó Raquel dándoles la espalda para tomar el sol de cara.

—Cambiando de tema: ¿habéis visto al nuevo? —preguntó Susana.

—Sí, os lo iba a preguntar. ¿De dónde ha salido? —quiso saber Bea, curiosa.

—¡Del paraíso! —dijo Susana riéndose—. Es guapísimo.

Lucía también se rió y repitió lo que había contado la Urraca en clase. Cogió el móvil para comprobar si Marta le había llegado a decir algo al respecto.

MARTA:
S llama Kay Eberhart y s 1 xulo

Compartió con las chicas sus sospechas. Le escribió entonces un nuevo mensaje preguntándole por qué y fue transmitiendo en voz alta los mensajes de Marta.

MARTA:
S lia cn todas y luego pasa dllas

LUCIA:
Xarcia chico quay

MARTA:
No t fies del!!!!!!!!!!!

LUCÍA:
PROMISE

MARTA:
T djo, m tok xamn d ciencias

LUCÍA:

Tras esa conversación, las chicas prometieron mantenerse al margen del nuevo, por muy simpático que pareciera y por muy encantador que fuera con ellas.

3
Bebé a bordo

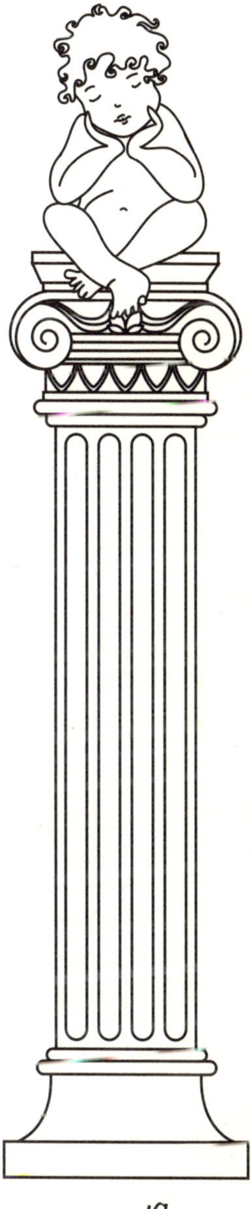

La clase de sociales no era la que más entusiasmaba a Lucía, y la Roma antigua resultaba un tema de lo más aburrido, con tanta conquista y tanto césar. Por eso, cuando esa misma tarde la Esfinge (así llamaban a la profesora por la melenita cuadrada y su imponente estatura) les pidió que hicieran un trabajo en grupo y la colocó con Susana, Lucía se puso de lo más contenta. También le habría encantado ir con Frida, pero Susana era una crack en todas las asignaturas y, con su ayuda, conseguiría que esa evaluación le fuera tan bien como la anterior.

Solo faltaba un mes y algo para acabar su primer año en la ESO.

Susana y Lucía se habían sentado juntas para empezar a organizar el trabajo (o a simular que lo hacían) cuando la voz de la Esfinge las sorprendió.

—Como sois dos y los demás grupos se han formado con tres personas, os traigo a un nuevo integrante.

La profe venía acompañada de Kay, que sonreía a las chicas abiertamente. Lucía tragó saliva y casi se atraganta: aquel chico era realmente guapo.

—Kay, ellas son Susana y Lucía, tus compañeras de proyecto.

Kay saludó con la cabeza al tiempo que decía «encantado» a las dos chicas, que se quedaron atontadas mirándolo en silencio de arriba abajo. Se olvidaron de que la profesora seguía ahí hasta que la Esfinge les recordó que debían entregar el trabajo en una semana; y después volvió a su mesa al frente de la clase.

Kay acercó su silla y se sentó también junto a la mesa de Susana, entre ella y Lucía.

—¿Qué tal? —les preguntó.

Lucía iba a responder que perfectamente, pero Susana se le adelantó.

—Muy bien. ¿Y tú? ¿Te gusta esto? —le preguntó haciendo un gesto con la mano llena de pulseras y anillos que abarcaba el espacio en general.

—Sí, me gusta mucho.

Sin saber muy bien por qué, Lucía sintió un poco de rabia al ver la complicidad que surgía enseguida entre los dos e intentó romperla.

—¿Cómo es que has venido a España en mitad de curso? —le preguntó sin importarle resultar entrometida.

Kay la miró directamente a los ojos y todo su cuerpo se estremeció. Eran de un azul casi transparente, como no había visto ningunos otros. Le explicó que había ido a pasar unos meses en España a casa de sus tíos porque sus padres se marchaban a hacer una ruta por Oriente Próximo con una ONG. Su padre era un español emigrado a Berlín desde hacía muchos años, por eso hablaba bastante bien el idioma, pero en Berlín no tenía familia con quien quedarse.

—Tus padres deben de conocer medio mundo.

—Son de Médicos Sin Fronteras. Ojalá no hubiera guerras ni pobreza.... —Lucía abrió mucho los ojos, admirada, y asintió dándole la razón—: No solo para que no viajaran tanto, ya me entiendes... El mundo iría mucho mejor. —Y para acabar le dedicó una sonrisa muy afable.

Lucía no podía creer que ese chico fuera el mismo al que se refería Marta. Parecía muy amable y sincero. Claro que era guapo y debía saberlo, pero no se comportaba como un chulo para nada.

—¿Tú has estado en Berlín?

Kay se apoyaba en la mano y la miraba como si fuera a decir algo muy importante. Lucía notaba que esos ojos casi transparentes la transportaban lejos de allí, como si en la clase no hubiera nadie más que ellos.

—Bueno...

Susana volvió a adelantársele antes de que pudiera continuar hablando:

—Sí, hemos estado las dos.

Lucía apretó la boca para no decirle algo de mal gusto. Kay se dio la vuelta para escucharla y Susana comenzó a relatarle con sus bonitas palabras que habían ido a visitar a una amiga. Cuando compartió con él que era Marta y que probablemente la conociera porque iba a su mismo colegio, Kay se alegró muchísimo. ¡Claro!

—¡Marta es muy especial! —exclamó soltando una carcajada.

Lucía y Susana se miraron dándole la razón: él no parecía opinar de Marta lo mismo que ella de él. Incluso daba la sensación de que la noticia le diera la oportunidad de estar más a gusto en compañía de ellas. ¿Es que acaso no sabía que su amiga en común lo odiaba?

Cuando sonó el timbre acordaron verse esa tarde en la biblioteca de al lado del colegio para hablar del trabajo que tenían que preparar. Allí podrían consultar algunos libros y, de paso, no se meterían en casa de ninguna de ellas, algo que podía resultar un poco incómodo. Al fin y al cabo, lo acababan de conocer y todavía no sabían nada de él. Solamente lo que Marta les había dicho, que era de todo menos bueno.

Al llegar a casa, Lucía se fue directa a la cocina para tomarse su vaso de leche y el sándwich de Nutella. Su madre y José María todavía no habían vuelto del trabajo. Estaba terminando ya cuando sonó el «Smells Like Teen Spirit» de Nirvana en su móvil. Eso significaba que era su padre quien llamaba. Le adjudicó ese tono de llamada el día que descubrió que David había sido en el pasado un fan del *grunge* a lo Kurt Cobain, con guitarra, camisa de franela y todo.

—¿Qué pasa, papá?

—¿Te apetece venir hoy a dormir a casa? —preguntó sin decir hola siquiera.

Lucía lo notó algo nervioso.

—¿Ahora?

—Sí, ya he hablado con tu madre y le parece bien.

Todo aquello le sonaba muy extraño, pero acabó aceptando: tenía curiosidad por saber qué pasaba.

—Está bien.

—¡Ok! —respondió su padre en su vena moderna—. Te paso a buscar en un cuarto de hora.

No fue hasta después de despedirse de él que se acordó de que había quedado con Susana y con Kay al cabo de una hora para estudiar en la biblioteca. Podía avisar a Susana, pero no a Kay, no se habían dado sus móviles todavía... Se planteó decirle a su padre que no podía ir, pero se lo pensó mejor: su padre sonaba entusiasmado y quería conocer el motivo.

Cogió el móvil y envió un whatsapp a Susana:

<u>LUCÍA:</u>
Niña! No puedo ir a biblio oy

Susana no tardó ni dos segundos en responder:

<u>SUSANA:</u>
Tranki. Adlantamos Kay y yo y mñna t contams. Muaaaaaa

Al leer su mensaje notó un hormigueo en la tripa. Intentó no darle importancia, no entendía por qué le daba rabia que Susana se viera con Kay sin ella. Él no era nada suyo, ella tenía a Eric, pero es que tenía unos ojos...

Estaba acabando de meter en la mochila las mudas que necesitaría para ir el día siguiente a clase y justo sonó el timbre. Corrió al interfono y avisó a su padre de que bajaba enseguida.

David estaba esperándola de pie, apoyado en el coche. Nada más verla fue hacia ella con una sonrisa alterada que le hacía temblar la cara entera.

—¿Estás bien? —le preguntó Lucía cada vez más asustada. Su padre le estaba ocultando algo, seguro.

—Sí, sí. Vamos a dar una vuelta por el parque antes de ir a casa.

Subió al coche, que estaba encima de la acera con los cuatro intermitentes puestos. Pero, contrariamente a lo que esperaba, su padre se pasó el viaje entero callado, ¿para eso quería verla? Se dedicó a juguetear con la radio para no ponerse más nerviosa.

—¿Te ha ido bien en el cole? —le preguntó de pronto.

—Sí, bueno. Ya sabes, los lunes no son lo mejor del mundo —respondió Lucía mirándolo de reojo.

David hizo grandes asentimientos de cabeza y volvió a callarse. Cuando llegaron al parque dejó el coche en zona verde y bajó. Lucía le seguía con dificultad, caminaba bastante rápido y sus piernas eran tres veces las suyas.

—Papá, ¿qué te pasa? —le preguntó al fin. Ya no podía más.

David la miró y se paró en seco al darse cuenta de lo que estaba pasando.

—Perdona, estoy un poco inquieto.

—¿No me digas? No me había dado cuenta —respondió con una sonrisa.

David se rió y cuando volvió a hablar sonó algo más relajado. Rodeó con el brazo los hombros de su hija y comenzaron a caminar juntos por el camino de tierra bordeado de abetos.

—¿Te acuerdas de cuando nació Aitana? —le preguntó de repente.

—Más o menos —mintió Lucía.

Se acordaba perfectamente del día que le contaron lo de su hermanastra. No fue su mejor día... Comprender que su padre estaba creando una nueva familia lejos de ella y de su madre no resultó nada fácil. Así que cuando su padre le contó la buena nueva corrió a su habitación y se encerró, como si así pudiera evitarlo. Estuvo varios días sin hablarle.

De repente Lucía cayó en algo... ¿Por qué le estaba recordando aquel fatídico día en ese momento?

Lucía frenó el paseo de golpe y se quedó mirando a su padre con los ojos muy abiertos. David fue a hablar, pero se quedó a medias: la boca le temblaba, las manos le temblaban; lo estaba pasando realmente mal.

Al final tuvo que ser Lucía la que ató cabos:

—¿Lorena y tú vais a tener otro bebé? —preguntó con la voz más contenida que consiguió.

David todavía no había recuperado el don de la palabra, porque comenzó a afirmar con la cabeza solamente. Esa vez Lucía ya era mayorcita y no se habría escondido en su habitación para evitar la noticia, aunque hubiera estado en casa. ¡Si hasta le hacía ilusión ver a un bichillo pequeño a su alrededor!

Comenzó a imaginar cómo se lo tomaría Aitana, con lo mimada que estaba...

—¿Qué te parece?

La imagen de su padre era sobrecogedora. ¿De verdad pensaba que iba a sentarle mal que tuviera un nuevo hijo con su mujer? Lucía le dedicó una sonrisa para relajarlo de una vez. ¡Que ya no era una cría! Entonces pensó en que si el retoño era un chico lo tendría un poco crudo con dos hermanas mayores haciendo piña.

—¿Niño o niña? —preguntó.

—Todavía es pronto para saberlo.

Su padre le explicó que prácticamente se acababan de enterar. Solo se lo habían contado a su madre y después a ella. Lorena estaba deseando verla para darle la noticia en persona, pero antes él había querido hablar con ella. A solas.

—Gracias.

—No tienes por qué dármelas. Sabes que me encanta pasar tiempo contigo.

Lucía abrazó a su padre y le deseó suerte en esa nueva aventura que le esperaba.

—Ya sabes lo que digo... La vida, o es una aventura atrevida, o no es nada —respondió su padre con una de sus frases célebres mientras retomaban el paseo juntos y ya sin tensiones.

4

Tragedia a la vista

Lucía estaba conectada al ordenador en casa de su padre. Había terminado ya los deberes de ese primer día de la semana después de escuchar a Lorena hablarle entusiasmada del futuro miembro de la familia con todo lujo de detalles. Se había pasado cerca de una hora explicando los planes que tenía: ahora necesitaban más espacio, así que tanto Aitana como Lucía tendrían que deshacerse de cosas que no usaran. También habría que revisar el trastero, que estaba lleno hasta los topes, para recuperar cosas olvidadas que habían utilizado con Aitana años atrás y tirar otras a la basura. Lucía había acabado con la cabeza demasiado llena de la voz de Lorena y del tema bebé. Esperaría un rato a transmitirles la noticia a sus amigas.

Ahora estaba concentrada en revisar las fotos que Marta tenía colgadas en su perfil de Tuenti por si encontraba en alguna al chico nuevo, a Kay. Todavía era pronto para pedirle a él hacerse amigo suyo, pero tenía curiosidad y le apetecía saber más de Kay. Se encontró con una imagen en la que aparecía Marta con algunos compañeros de su clase y fue revisando cara por cara hasta encontrar a Kay mirando serio (¡qué raro!) a cámara. Aprovechando que sí podía quedarse mirándolo tranquilamente sin vergüenza ni temor a que nadie la pillara, se fijó en la piel tan suave que parecía tener y en la forma de su mandíbula, cuadrada y bien marcada, como si estuviera masticando un chicle. Su nariz era recta como la de una de esas esculturas romanas que les enseñaba la de sociales. Unos golpecitos en la puerta le hicieron dar un bote en la silla. Esperaba que no fuera otra vez Lorena, por ese día ya tenía bastante de tanto bebé nuevo. Cuando dio permiso para que pasara quien fuera, la voz de osito dulce de su hermana sonó por la rendija:

—¿Puedo?

—Ya te he dicho que sí.

La niña, de seis años, pasó y se sentó en la cama. Lucía no apartó los ojos del ordenador. Al darse cuenta de que Aitana no hablaba, se volvió y le preguntó:

—¿Qué quieres? Estoy liada con los deberes.

El gesto de Aitana era muy triste: miraba al suelo y sus morritos sonrosados se encogían apretados. Se pasó la mano por los bucles dorados de su pelo desordenándoselos.

—¿Crees que mamá ya no me querrá cuando nazca el bebé?

Cuando Aitana levantó la vista del suelo, Lucía se fijó en que la pequeña tenía los ojos enrojecidos de haber estado llorando.

Se alejó de la silla y se sentó en la cama con su hermana. Le pasó el brazo por los hombros y la atrajo hacia ella.

—Creo que mamá te quiere mucho y que siempre va a ser así.

—Pero dice que cuando nazca el bebé necesitará que le cuidemos. Y entonces ¿quién me cuidará a mí?

Lucía no pudo evitar una sonrisa y Aitana arrugó más la boca.

—A mí no me da risa...

—Es que no tienes por qué preocuparte por eso. Cuando nazca el bebé nos cuidaremos entre todos. Igual que ahora: yo te cuido a ti y tú me cuidas a mí. ¿No?

La niña pareció respirar algo más aliviada. Volvió a mirar al suelo, movió la cabeza de un lado al otro, como convenciéndose de lo que acababa de escuchar, y se puso de pie. Al hacerlo su cabeza se quedó plantada delante del ordenador.

—¿Tus deberes son mirar las fotos de Marta y esos chicos?

Lucía tardó un momento en comprender que la pequeña hablaba de las fotos que Lucía tenía en el monitor.

—Anda, vuelve a tu cuarto, que veo que ya se te ha pasado toda la pena.

Aitana se encogió de hombros y salió de la habitación con cara de no comprender nada. Un bip del ordenador hizo a Lucía correr a su silla ergonómica y abrir el chat en grupo de ZR4E en Tuenti:

Inicio Perfil Mensajes Gente Videos Buscar subir fotos

S L FIN!

LUCÍA: ???? 

MARTA: 

BEA: 

FRIDA: No kmpamnto de vrano  xa mi

MARTA: Kstigada?

FRIDA: No 

LUCÍA: Xplica

FRIDA: A mi padre l an exo rcorts n ospi y no pued pagarlo

BEA: Cm s posibl?!

FRIDA: Otro año

MARTA: Xa 1 vz q podíams star ls 4...

FRIDA: 

LUCÍA: D eso nada

FRIDA: ???

LUCÍA: Cnsguirms l dinro

FRIDA: Cm? Kda 1 ms y poco xa q acab plazo nscripción

BEA: Yo ago d knguro a mi vcino

LUCÍA: Yo cn mi ermana

MARTA: Yo pnsaré n algo tb

FRIDA: No s si llgara...

Las chicas se quedaron un rato en silencio. La cabeza de Lucía no paraba de buscar alternativas a lo de hacer de canguro de su hermana. No es que le sobrara la paciencia precisamente... De pronto comenzó a atar cabos y se le ocurrió una idea estupenda: su hermana, ella, su padre y Lorena iban a tener que deshacerse de muchas cosas con la llegada del futuro retoño, cosas que Lorena pensaba tirar a la basura. Pero ¿y si en lugar de tirarlas se podían aprovechar para una buena causa?

LUCÍA: Y si acms un rastrillo?

MARTA: YES!!!!

FRIDA: Cn k cosas?

BEA: Ya

Lucía compartió con ellas entonces el notición de su nuevo hermano o hermana y, como acompañó el mensaje de corazones y caritas sonrientes, sus amigas comprendieron que la noticia SÍ le hacía mucha ilusión. De hecho, cuanto más lo pensaba, más ilusión le hacía. Así que la felicitaron enviando globos de colores y palmas para celebrar la buena nueva. Después Lucía les explicó lo que se le había ocurrido hacer con todas las cosas que tenían pensado tirar para hacer sitio al nuevo miembro de la familia.

A Frida debió de convencerle la idea, porque al momento respondió:

FRIDA: 

BEA: 

MARTA:  ZR4E!!!

Lucía se echó sobre la cama y se quedó pensando un rato en todas las novedades que venían de golpe mientras contemplaba la acuarela de flores de la pared de enfrente. Un día estaba tan tranquila y al siguiente todo daba un giro y cambiaba rotundamente: un nuevo hermano o hermana, el chico alemán... Levantó los pies en el aire y jugó con ellos tapando parte de la acuarela, dejando primero unos pétalos, después el tallo y después nada. Se preguntó cómo habría ido el encuentro entre Kay y Susana y, sin pretenderlo, notó que le hervía la sangre otra vez. Bajó los pies y se sentó rígida en la cama: le hubiera gustado estar en esa primera reunión de grupo, ahora ellos estarían más avanzados y ella se sentiría atrasada. Se preguntó si su enfado se debía únicamente a ese detalle o al hecho de que Susana y Kay hubieran quedado a solas...

¡¡¡Aaaaaarrrgh!!!,

le daban ganas de chillar, pero cogió uno de los cojines y se dejó caer sobre él hasta ahogar el grito. Y, encima, Frida les acababa de dar la peor noticia de todas... ¡Desde que lo planearon, estaba deseando que llegara el verano para ir a ese campamento! Era la oportunidad de estar las cuatro juntas otra vez, Berlín parecía ya demasiado lejos...

Se les había ocurrido mientras estaban en la ciudad alemana visitando a Marta después de ganar el concurso de baile organizado por la revista *Bravo*. Recordaba perfectamente aquel día. Los amigos de Marta, Kellen y Viveka, habían ido a uno el verano anterior y tenían mil aventuras divertidísimas que contar. A Marta se le ocurrió que podían buscar un campamento para que todas ellas fueran en agosto. Susana ya avisó desde un principio que no podría porque pasaría todas las vacaciones con su familia en el pueblo (un tal Escuderos, en Burgos) y Raquel tenía su propio campamento en Inglaterra para hacer un *stage* de vóley y mejorar algunos movimientos como capitana del equipo de Frida. Así que sería un campamento exclusivo para las cuatro amigas que formaban El Club de las Zapatillas Rojas. Con ese campamento recordarían viejos tiempos y recuperarían el que llevaban separadas, desde enero.

Se pasaron toda una tarde en el ordenador buscando en

Google

campamentos de verano

porque la lista era eterna.

—Mejor especificamos que sea dentro de España. Ya llevo demasiado tiempo fuera —aclaró Marta haciendo una nueva búsqueda.

Los resultados se redujeron en varios cientos.

—Yo paso de irme a una granja llena de cerdos —soltó Frida con los ojos fijos en la pantalla.

Marta había clicado sobre una especie de granja escuela para conocer el medio rural.

—Pues a mí me parecen monísimos, ¡mira que morritos! —exclamó Bea señalando una foto de un cerdo vietnamita.

—Mirad. Este de aquí es para practicar inglés. Seguro que a mi madre le encantaría —sugirió Lucía pensando en cómo la propuesta de pasar fuera de casa varios días podía convertirse en una buena idea para María.

Seleccionaron varios y escribieron un e-mail al contacto que facilitaban para que les enviaran información. Ya con todos los folletos recopilados y tras varios días debatiendo cuál podía ser el más divertido, se decantaron por el que se ubicaba en Cádiz: Marta echaba mucho de menos la playa y así podría disfrutarla un poco. Además, habría estudiantes de trece a dieciocho años, con lo que escaparían de las actividades demasiado infantilizadas. Quizá incluso habría más de un chico interesante, porque tampoco se iban a pasar las dos semanas estudiando inglés...

Lucía estaba segura de que ese era el motivo por el que su madre había acabado por aceptar: en su visión, Lucía se pasaría medio mes de agosto encerrada en una clase empollando y cuando volviera conseguiría al fin sacar una matrícula. Menos mal que no le había enseñado todos los folletos... También había disco, talleres, deportes y excursiones. Iba a ser alucinante, y Frida no podía perdérselo de ninguna de las maneras. Encontrarían un modo de reunir ese dinero. El rastrillo no parecía una mala opción y seguro que encontraban cosas inútiles con las que sacar unos cuantos cuartos.

—¡Lucía, a cenar! —la llamó su padre.

Dio un salto de la cama y salió de su habitación. Al cruzar el pasillo y ver la cadena que salía de la trampilla del trastero, cogió aire y se preparó para hacer frente a lo que estaba a punto de hacer: pedir un favor a la mismísima Lorena. Debía pensar bien cómo manejar aquel asunto: sabía que si ella no aceptaba, su padre tampoco lo haría. Se dirigió al comedor, donde ya estaban todos sentados. Mientras saboreaba su pechuga de pollo a la plancha y sus patatas fritas, Lucía preguntó con la voz más dulce que supo encontrar:

¿Os gustaría colaborar en una buena causa?

5

¿¿¿Y qué más???

Susana y Kay parecían haber avanzado mucho en el trabajo de sociales. Al terminar las clases el martes, los tres fueron a la biblioteca de al lado del colegio, y sus compañeros pusieron al día a Lucía de cómo se distribuía la sociedad romana. De paso, también intercambiaron entre ellos algunas bromas que la excluían y que no le sentaron demasiado bien. Habían elegido una sala de trabajo con grandes mesas rectangulares para grupos. Lucía se sentó enfrente de los dos. La biblioteca estaba bastante llena a esas alturas del curso, sobre todo gracias a los de bachillerato, que tenían mucho que preparar entre los finales y la selectividad.

—Entonces, los patricios eran los más ricos —trató de comprender Lucía entre susurros.

Susana le tomó la palabra para enseñarle la pirámide que habían dibujado Kay y ella para mostrar gráficamente cómo se distribuía la población. Lu-

SUPER
MOTOR

cía colocaba la mano en el extremo de la pirámide e iba siguiendo los distintos estamentos mientras Susana hablaba sin parar. De pronto, Kay, sin previo aviso, le colocó la mano encima y ella por poco se cae al suelo del susto. Separaron las manos en el acto y el chico se disculpó por haberla asustado. Tenía el tacto muy cálido y suave, tal como había imaginado viendo su foto en el perfil de Tuenti de Marta, y la miraba con sus bonitos ojos casi transparentes. Se notaba como hipnotizada, tanto que casi no oyó lo que el alemán le decía después.

—¿Qué? —gritó Lucía medio sorda.

Un grupo de chicos y chicas que se sentaba cerca comenzó a chistar y a mirarla con mala cara para que se callara.

—Falta diferenciar entre la condición de cada grupo y también su riqueza. —Kay volvió a hablar con su acento alemán casi en susurros. No dejaba de mirarla fijamente.

¿Qué le estaba pasando a Lucía? ¿Por qué ese chico le ponía los pelos de punta? Vaya pregunta... Lo que ocurría era que le parecía irresistible. ¿Y qué pasaba con Eric?

—Sí, pero eso habría que ponerlo aquí —comentó Susana con el mismo tono.

Colocó su mano donde antes estaba la de Lucía y Kay la siguió, pero situando la suya justo al lado, no encima, mientras se explayaba sobre la libertad, los derechos sociales y la economía de cada una de las secciones de la pirámide. Lucía se planteó la posibilidad de que Kay no hubiera posado su mano sobre la de Susana porque quizá ella le gustaba un poco, y de que su contacto hubiera sido a propósito. A partir de ese momento, se sintió un poco más contenta y pasó el resto del tiempo en la biblioteca con una sonrisa en la cara.

—¿Estás bien? Pareces un poco ausente —le preguntaba Susana de vez en cuando.

Lucía respondía con evasivas sin dejar de preguntarse qué habría pasado si no hubiera retirado la mano de la de Kay unos minutos antes. Tan concentrada estaba en sus propios pensamientos que el rato de estudio se le pasó volando y tuvo que ser Susana la que le recordó que tenía clase de danza.

—¡Es verdad! —anunció Lucía mirando el reloj nerviosa.

Había vuelto a hablar demasiado alto y uno de los chicos de antes hizo el gesto de ponerse de pie para pedirle que se callara o que se marchara a su clase de danza, pero Lucía se le adelantó pidiéndole perdón juntando las dos manos en forma de ruego. Efectivamente, en media hora tenía que estar en la academia. Guardó sus libros en la mochila de rayas de color violeta y se puso de pie.

—¿Tú bailas? —le preguntó Kay pasándose la mano por su pelo de punta.

—Sí, bueno, voy a clases para aprender —respondió Lucía muy bajito.

—Me gusta. Cuando tengas festival, avisa.

Lucía se quedó muda y con los ojos muy abiertos. ¡Qué morro le echaba! Fue a hablar, pero le dio un ataque de tos. Kay le golpeó la espalda para calmarla y se fijó en que Susana observaba la situación bastante perpleja.

—Bueno, me tengo que ir ya.

—¿Nos damos los móviles? Para avisar la próxima vez que tú o alguien no venga —preguntó Kay con su marcado acento.

Lucía tenía que aguantarse la risa por educación. Resultaba tan mono...

Miró a Susana y esta le devolvió la mirada mordiéndose el piercing del labio. Cuando Lucía fue a apuntar el teléfono de Kay, se dio cuenta de que se le había olvidado completamente cómo funcionaba la agenda del móvil y tuvo que pedirle varias veces que le repitiera el número. Ya almacenado, le dedicó una sonrisa nerviosa y se despidió antes de darles la espalda para salir de allí pitando.

Volvió a mirar el reloj: tenía un buen rato en autobús hasta la academia. Definitivamente, llegaría tarde a clase otra vez. No sabía si era por los nervios de las prisas o por qué, pero notaba un cosquilleo en el estómago que le hacía querer correr. Así que se dio una buena carrera hasta la parada, unas manzanas más adelante. Todavía se estaba recuperando, apoyada en las rodillas, cuando apareció el autobús.

Ya arriba, se apretujó entre todas las personas que viajaban con ella. De repente le sonó el móvil. El primer nombre que le vino a la mente fue el de Kay, ¿podía ser él quien le escribía ya tan rápido? Se hizo un poco de hueco clavando los codos y los hombros en la gente que, de tan pegada que iba a ella, no la dejaban moverse ni un pelo. Cogió el aparato del bolsillo de su mochila. Le temblaban los dedos al intentar desplazarse por el menú del teléfono. Al revisar los mensajes descubrió que lo que había recibido era un whatsapp y que no venía de Kay, sino de Eric.

ERIC:
Tngo muxas ganas d ke llgue l sabado. Ya tngo tu 

Lucía sonrió, ella también tenía ganas, claro, era su cumpleaños. ¿Así que Eric le había comprado un regalito?... Le vino a la memoria el día que cumplieron un mes saliendo juntos, hacía poco más de una semana, el 26 de abril (un mes después de que recibiera aquel mensaje en el avión camino de Berlín). Eric llegó a clase con una rosa roja artificial y se la regaló a Lucía diciéndole que no la había comprado natural para que no tuviera que molestarse en cuidarla. Lo curioso era que olía a rosa como una de verdad. Ella le grabó en un CD algunas canciones románticas de Taylor Swift, de Justin Bieber y de Avril Lavigne, y le dijo que así la recordaría cuando las escuchara.

Lucía guardó el móvil otra vez en el bolsillo de la mochila, todavía apretujada por los viajeros que seguían subiendo al autobús y la rodcaban. Quedaban cuatro días para su cumpleaños y lo celebraría con todos sus amigos, los viejos y también los nuevos. De repente se le ocurrió algo... ¿Y si invitaba también a Kay?

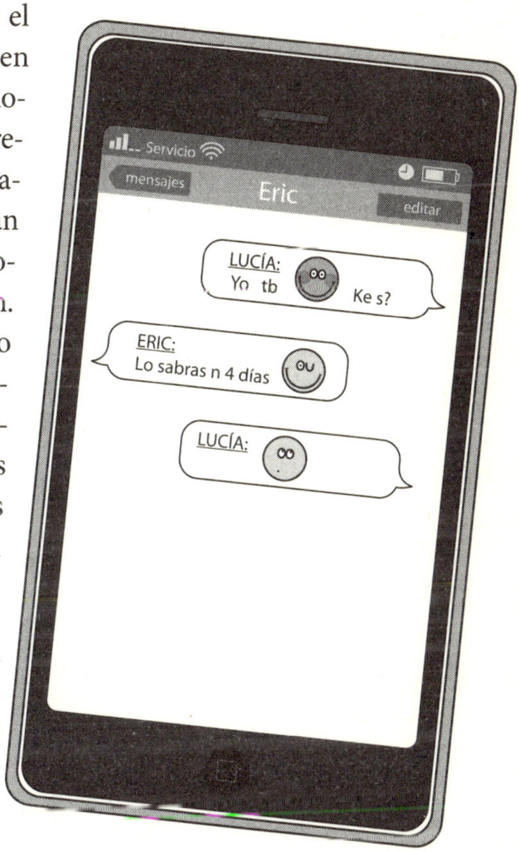

De: Marta (lapoetisamarta@hotmail.com)

Para: Lucía (let'sdance@hotmail.com), Frida (arribaFrida@hotmail.com) y Bea (doremi@hotmail.com)

Asunto: Re: Una buena causa

Adjunto: queso.jpg

¡Ideal, Lucía!

Lorena y tu padre se han portado donando chismes del trastero para el rastrillo. Yo no he tenido mucho tiempo para acumular cosas para vender, con la mudanza nos deshicimos de todo lo inútil, pero sí tengo otra manera de colaborar: me voy a lanzar, ¡voy a cocinar! Ya sabéis que mi madre es una chef entusiasta y me va a ayudar a hacer tartas. Kellen y los demás me enseñarán a venderlas por internet. Son unos cracks y dicen que creando una página en Facebook y añadiendo a amigos tengo éxito asegurado. No os preocupéis, no abandonaré mi querido Tuenti, solo utilizaré Facebook para hacer crecer mi negocio :) De momento, anoche estuve practicando un poco y esto es lo que salió. No está mal, ¿no?

¡Os quiero!

ZR4E

6

Una gran idea, para algunos

—A mí me parece genial —soltó Susana al escuchar la decisión de Lucía de invitar a Kay a su cumpleaños el sábado.

—Pero Marta dijo que debíamos alejarnos de él —le recordó Bea.

Lucía era muy consciente de que estaba pasando por alto el consejo que le había dado Marta. Quizá por eso no se lo había comentado a su amiga... De momento prefería que no se enterara de que pensaba invitar a Kay a su cumpleaños, porque entonces empezaría a hacer preguntas, justo como Frida en ese momento.

—Pero ¿por qué quieres invitarlo?

—Porque no es tan malo, es muy simpático y no conoce a nadie aquí.

—Pues si es tan simpático no tendrá dificultades en hacer nuevos amigos, ¿no?

—Ay, chica, no se puede ser tan borde, pobrecillo —protestó Lucía dando la espalda a su amiga para entrar en clase.

Acababan de volver del recreo después de comer y Lucía pensaba preguntarle entonces a Kay lo de su fiesta. No se lo había consultado a Eric, pero tampoco pensaba que fuera a oponerse. Después de todo, él no estaba al tanto de las sensaciones que ella experimentaba cuando Kay andaba cerca.

Lucía se dirigía hacia donde estaba sentado Kay cuando Marisa se le adelantó. Se agachó sobre la mesa del alemán apoyando un codo y dejando a la vista los dos botones desabrochados de su camisa blanca. Sonreía, descubriendo su dentadura perfecta, y le hablaba muy cerca. Lucía gruñó para sí y desvió el paso hasta su mesa, tendría que esperar a que acabara la clase para invitar a Kay, porque al poco entró el Papudo dispuesto a hacerla sufrir durante toda la hora siguiente.

No es que no se esforzara en matemáticas. Ella intentaba escuchar al profesor, pero eso no significaba que lo entendiera. Se dedicó a apuntar en su libreta los ejercicios de polígonos que debían resolver en esa hora y después intentó hacer alguno durante un buen rato. No había manera.

—¿Cómo lo llevas, Lucía? —le preguntó el profesor de pie a su lado.

—Bien —mintió, tapando su cuadrado.

—A ver si esta evaluación me sorprendes tanto como en la pasada.

El Papudo continuó avanzando hacia el siguiente alumno. También ella esperaba poder sorprenderlo. Tendría que pedirle a Susana o a Frida que le echaran una mano para conseguirlo. Cuando sonó el timbre, no había acabado todavía con el cuadrado, y para el viernes tendría que tener hecha esa figura y cuatro más.

Iba a levantarse de su asiento para acercarse a Kay, pero entonces notó que su móvil vibraba y se detuvo a leer. Era un whatsapp de Eric que le pedía que saliera lo antes posible. Lucía chasqueó la lengua, tendría que retrasar su propósito un poco más: parecía que el mundo se había conjurado para evitarlo. Pero ya estaban a miércoles y quedaban tres días para el sábado, no podría retrasarlo mucho tiempo.

—Cuéntame, ¿qué pasa? —le preguntó a Eric ya en el pasillo.

Debía de ser algo muy importante si la había hecho salir con tanta urgencia. Pero Eric no tenía el gesto preocupado, todo lo contrario: sonreía y en cuanto la vio salir se acercó a ella y la cogió de la mano cariñoso.

—Nada, me apetecía hablar contigo un rato. Hace ya días que casi no nos vemos.

Lucía estuvo a punto de decirle que eso era una tontería, pero se mordió la lengua. La verdad era que en su cabeza últimamente Eric no paraba demasiado. Mientras, vio por detrás de él que el alemán salía de clase para ir hacia los vestuarios a cambiarse para la clase de deporte. Frida y Susana también la avisaron de que se adelantaban y que ya se verían en el gimnasio.

—¿Estás bien? —le preguntó Eric, que no era tonto y la notaba rara.

—Sí, sí, perdona, es que tengo muchas cosas en qué pensar

—se excusó, soltándole la mano y dándose golpecitos en la cabeza.

—Claro, tu cumpleaños.

Eric volvió a sonreír. Tenía una sonrisa francamente bonita.

—¿Te acompaño a casa después de las clases? Hoy no voy a entrenar.

Lucía se fijó en que su boca se apretaba tensa, no debía de haberle sido fácil hacerle esa propuesta.

—No puedo.

Lucía se acordó de que su madre había quedado en pasar a buscarla para ir a comprar su regalo de cumpleaños. Como tenía unos gustos tan rancios, nunca acertaba; así que ese día se irían las dos al centro comercial a comprarle ropa de verdad. No sabía muy bien por qué, pero se sintió aliviada.

—Está bien. Nos vemos ya mañana, entonces.

Eric se despidió y se volvió a meter en su clase.

Lucía corrió hacia los vestuarios para cambiar el uniforme por el chándal. Cuando llegó al gimnasio, estaban ya los equipos preparados para empezar a jugar al baloncesto y la profe, Maite, daba algunas indicaciones. Lucía odiaba ese deporte porque con su corta estatura nunca alcanzaba a lanzar la pelota lo suficientemente lejos. Para mantener su mala suerte, Kay no estaba en su equipo, sino en el contrario, así que tampoco iba a tener oportunidad de decirle nada en esa hora. Se fijó en que los pantalones cortos le sentaban de maravilla y se obligó a no mirarlo demasiado. Se recogió su melena pelirroja en una coleta bien alta para que no le molestara y ocupó su puesto de base en el equipo que formaba junto a Susana, Toni y otros.

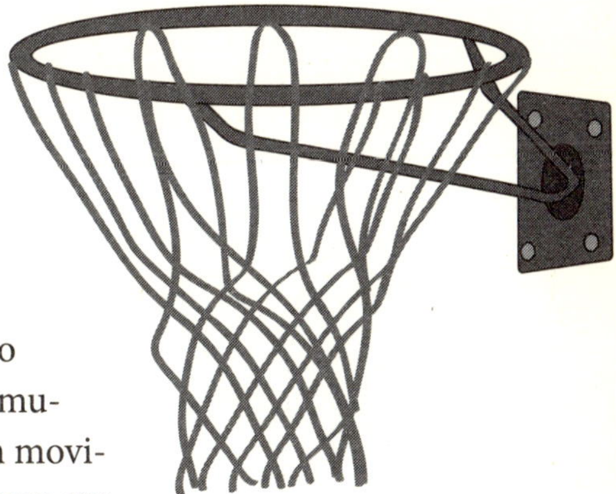

En cuanto le pasaron la pelota hizo lo posible por conducirla hacia el campo contrario, pero a Richie no le costó mucho quitársela con un movimiento rápido de brazos; era un amigo de Toni y tan fuerte como él. Lucía se quedó atrás enseguida y el equipo contrario acabó metiendo canasta en manos de Frida, quien le guiñó un ojo desde lejos para animarla.

Al tercer intento frustrado de Lucía, Maite comprendió que no había mucho más que hacer. Acabó sustituyéndola por otra chica que había estado en el banquillo, para darle una oportunidad a esta y también al equipo. Así Lucía se pasó el resto de la clase observando a Kay jugar con destreza. Él ocupaba el puesto de ala-pívot y, aunque pasaba alguna que otra pelota, también había optado por meterlas él mismo en la canasta más de una vez, y a buena distancia. Su altura se lo permitía.

Al finalizar la clase con tanta diferencia en los marcadores, los del equipo de Kay estaban tan contentos que acabaron aupándolo, y salieron del gimnasio con él en brazos, como si acabaran de ganar la Copa del Rey.

—Tienes mala cara. ¿Te preocupa algo? —le preguntó Susana mientras caminaban juntas hacia los vestuarios. Frida se había marchado con su equipo ganador.

—No, qué va —mintió Lucía.

Tampoco le podía contar a Susana lo que estaba sintiendo por Kay, porque ni ella misma lo sabía y no quería hacer saltar las alarmas tan pronto. Además, estaba segura de que a su amiga también le gustaba.

—Creo que me he hecho daño en la muñeca cuando Richie me ha quitado la pelota. —Se tocó la mano para disimular.

—Ese tío es un bruto, como su amigo. Arriba tengo Reflex, si quieres te pongo un poco.

Lucía se sintió culpable por mentirle y rechazó el espray. Se disculpó diciendo que tenía prisa porque su madre la estaba esperando fuera, se cambió tan rápido como pudo y salió de la escuela.

María alzó la mano desde el coche en cuanto la vio aparecer y la llamó para que se acercara. Mientras Lucía iba en el coche con su madre sacó el móvil y miró los contactos:

¿Y si le enviaba un mensaje a Kay para preguntarle lo del cumpleaños?

7

Arre-chuchos a domicilio

El jueves fue un día más de clase. El único aliciente había sido la hora de plástica de después de comer, porque Lucía la dominaba y no tenía que esforzarse demasiado para hacer un buen trabajo: las figuras humanas que la profe les había enseñado siguiendo los estudios de Da Vinci sobre las proporciones eran sencillas de imitar y, además, la absorbían tanto que siempre tenían que avisarla de que el timbre había sonado para que dejara de dibujar. Pero la última hora había sido de refuerzo de matemáticas y había acabado con la cabeza más densa que los sobaos que se había comido esa mañana.

—Me voy corriendo, que tengo solfeo. —Bea se despidió en la puerta del colegio. Por lo menos para esa clase no tenía que llevar el violín a cuestas.

Raquel y Susana se fueron por su cuenta porque iban en otra dirección, y Lucía comenzó a caminar junto a Frida hacia su casa. No vivían lejos la una de la otra y ese día hacía una temperatura casi de verano. Llevaban las chaquetas azules cogidas a la cintura y a las dos les apetecía caminar.

—Parece que Marta ha vendido ya una de las tartas de queso —anunció Frida.

Lucía se mordió el labio. Llevaba varios días concentrada en toda la historia de su cumpleaños y no se había empleado mucho en la recaudación de fondos para el campamento de Frida. El plazo para que se matriculara terminaba el 16 de junio, al cabo de poco más de un mes.

—A ver si comenzamos a planificar el rastrillo... —dijo culpable.

—¿Crees que sacaríamos pasta de verdad? —le preguntó Frida insegura.

Lucía miró a Frida y, sin avisar, saltó sobre su espalda y la cogió del cuello, como si fuera una koala.

—¿Cómo que si creo? ¡Pues claro! ¿Acaso me estás llamando bocazas?

Su amiga alargaba los brazos hacia atrás para hacerle cosquillas en los costados y conseguir que la soltara. Lucía se reía sin parar y le costaba horrores aguantar, pero para devolvérsela, empezó a tirarle de la coleta.

—¡Aaaaaaaaah! —aullaba Frida—. ¡Me vas a dejar calva!

—¿Empezarás a tomarme en serio?

—¡Qué sí, pesada! ¡Sueltaaaa!

La gente que paseaba por la calle en esa tarde tan calurosa las miraban sin saber muy bien si aquello era una pelea de verdad o fingida. Lucía acabó soltándose y Frida se separó de ella dándose tal impulso que se golpeó la espalda en la farola que le quedaba justo detrás.

—Definitivamente, hoy no es mi día.

Pero al volverse hacia la farola, Frida se fijó en un papel que estaba pegado. Se quedó callada leyendo el letrero un momento, y cuando Lucía se acercó para leerlo también, descubrió que era un anuncio forrado con celo en el que se buscaban paseadores de perros.

—Dice que se paga bien —señaló Lucía.

—Eso lo podría hacer yo.

—Yo es que no me llevo muy bien con los animales...

—Pues a mí me gustan más que los humanos —apuntó Frida mirando a Lucía provocadora; esta le guiñó un ojo.

—¿Llamamos?

Frida no se lo pensó ni un segundo. Sacó el móvil de la mochila y marcó el número que Lucía le iba dictando. Pulsó el botón del altavoz para que pudieran escuchar las dos la conversación. Sonó un tono de llamada, después otro, después otro...

—¿Sí? —Cogió el teléfono una mujer.

—Hola, me llamo Frida y llamo por lo del anuncio para pasear a perros.

—¿Cómo? —preguntó la otra medio gritando. Frida repitió lo que había dicho gritando tanto como su interlocutora. La gente volvía a mirarlas de forma rara.

—¡Claro! Qué bien, eres la primera persona que me llama. Pues verás, me llamo Aída Bosco y tengo tres perros...

La mujer comenzó a explayarse en que tenía un jack russell terrier, un pastor alemán y un chuchillo que había rescatado en la calle, y que era demasiado mayor para pasearlos. Antes lo hacía su hijo, pero en ese momento trabajaba fuera de Barcelona y necesitaba a alguien que se pasase por su casa a recogerlos tres tardes a la semana; y estar con ellos al menos una hora cada día. Pagaba treinta euros por hora, como eran tres perros...

—¡¿Cómo?! —se le escapó a Frida.

Al otro lado de la línea, la señora se disculpó y comenzó a repetirle la misma historia otra vez, convencida de que se había explicado mal y de que aquella chica no la había comprendido. Frida entornó los ojos y echó la cabeza para atrás.

Con la voz de fondo de esa desconocida, Lucía hizo cálculos mentales a pesar de que las mates no eran lo suyo y de que tenía la cabeza llena de los polígonos de la clase de refuerzo. Si Frida tenía que sacar a esos perros tres días a la semana, eran un total de tres horas al menos, a treinta euros la hora, por unas cinco semanas que faltaban hasta que finalizara el plazo de inscripción al campamento... Según sus cuentas, Frida ganaría un dineral con aquel trabajo. Lucía le hizo señas con las manos abriéndolas y cerrándolas, y Frida comenzó a hacer grandes asentimientos de cabeza.

En cuanto la mujer acabó su discurso por segunda vez, Frida le dijo rápidamente que sí le interesaba y le preguntó cuándo podía empezar.

—De acuerdo. Ya será la semana que viene. El lunes procuraré estar aquí hacia las cinco y media.

Vente, así te conozco y te presento a mis chicos —anunció aquella mujer a la vez que Frida comenzaba a dar saltos en mitad de la calle.

Lucía se abrazó a su amiga y comenzó a saltar con ella también. ¡Ya tenían un tercio del pago del campamento ganado! El Papudo estaría orgulloso de ella...

Inicio Perfil Mensajes Gente Videos Buscar subir fotos

¡Página de Facebook activa! Süße Snacks (Bocados dulces)!

4 me gusta

MARTA: Ya tngo 15 amigos!

FRIDA: Cn tu salro, mñna sran 150...

LUCÍA: Tb nvios intrnacionals?

BEA: Yo kiero!

MARTA: 1º tngo ke prfccionar tcnik

FRIDA: Xa eso stan ls madres

LUCÍA: ZR4E puedn cn todo!

8
Precumpleaños feliz

—Enséñanos los mensajes que te ha enviado —ordenó Frida a Lucía, e intentó cogerle el móvil.

—¡Venga ya! —protestó ella escondiendo el aparato con la mano en la espalda.

—¿Acaso tienes algo que ocultar?

Lucía al final le entregó el teléfono para que se callara. Se sopló el flequillo que le llegaba ya por debajo de las cejas y se dejó caer sobre los cojines que había en el suelo de madera.

Era viernes por la noche y se habían reunido las tres en la buhardilla de Bea para la precelebración de su cumpleaños. Como al día siguiente había invitado a muchas más personas, las chicas habían querido verse en la intimidad antes. Dormirían en la buhardilla, su escondite, y así, cuando fuera medianoche, podrían felicitar a Lucía en persona. Llevaban chuches, pelis para todos los gustos y sus sacos de dormir. ¿Qué más necesitaban?

—No son para tanto. Creo que es lo mejor que podía hacer. Es majo y no conoce a nadie por aquí, me da pena —se excusó Lucía.

Frida cada vez abría más los ojos y no los apartaba de los mensajes que Lucía y Kay se habían intercambiado el miércoles. Hasta esa noche no se había animado a contarles a sus amigas que al final el alemán había aceptado la invitación a su cumpleaños.

Mientras Lucía viajaba en el coche de su madre camino del centro comercial, había escrito a Kay invitándole. Antes de enviar el primer mensaje lo había releído por lo menos diez veces después de cambiarlo otras diez. Como no sabía si el otro entendería muy bien el idioma, lo había hecho sin abreviaturas, con lo que el mensaje le había ocupado varias líneas. ¿Qué le estaba pasando?

Hola Kay, soy Lucía. Este sábado celebro mi 13 cumpleaños y estaría bien que vinieras, así conoces la ciudad y a los de clase. Iremos unos cuantos al cine y después al *burger*. ¡Ya me dirás!

Lucía se había guardado el teléfono en la mochila convencida de que Kay tardaría en responder, si lo hacía. Pero antes de que su madre aparcara, el alemán ya le había enviado su mensaje.

Querida Lucía: me encantaría ir a tu cumpleaños. ¡Gracias por invitarme! Ahora tengo que pensar en un regalo para ti. Además del baile, ¿qué más te gusta?

Al leer la posibilidad de que ese chico le hiciera un regalo notó perfectamente unas cosquillas como por la tripa. Y Lucía no podía ignorar esa clase de señales, aunque hubiera optado por no contárselas todavía a sus amigas.

—¿Por qué va a hacerte un regalo? —preguntó Frida después de leer ese mensaje.

—Sí, es un poco raro, casi no te conoce.

—¡Yo qué sé! Pregúntaselo a él. A lo mejor es costumbre allí, ya sabéis que los alemanes son muy educados.

—¿Lo sabemos? —preguntó Frida echándose a un lado el pelo. Se había soltado la coleta y los mechones oscuros le iban a la cara.

—Pues claro. Ya visteis a los amigos de Marta, eran supercorrectos.

—Hablando de Marta, ¿le has contado todo esto?

Le recordó que su amiga las había advertido contra Kay, y ella estaba pasando completamente por alto el consejo. Lucía se calló un momento y después comenzó a negar con la cabeza. Les explicó que no era para tanto, le estaba dando una oportunidad al chico para ser su amiga.

—Ya que tengo que hacer un trabajo con él, por lo menos que nos llevemos bien.

—Yo hago el mismo trabajo con Toni y en ningún momento me he propuesto caerle bien a ese idiota —la contradijo Frida.

—Solo digo que podríais darle una oportunidad.

—¿Tú que opinas, Bea?

Bea reflexionó un momento, se estiró los calcetines color azul celeste que se había puesto acorde con su ánimo pacificador y relajado, sus ojos verdes miraron a las chicas titubeantes y comenzó a hablar con voz dulce:

—Quizá podamos darle esa oportunidad el sábado. Y si vemos algo que no nos gusta de él, entonces lo evitamos el resto del curso.

A regañadientes, Frida acabó aceptando la propuesta de Bea, y Lucía recuperó su móvil en un descuido de su amiga. Rápidamente cerró WhatsApp, si Frida hubiera seguido leyendo los siguientes mensajes que Kay y ella habían compartido la tarde del miércoles, las preguntas no se habrían acabado nunca; ¡era la chica más tozuda del mundo!

«Me gustan muchas cosas, como el dibujo», había respondido Lucía a la pregunta que le había hecho Kay aquella tarde.

«¡Más cosas en común! Empiezo a imaginar lo que te voy a regalar. ¿Cuál es tu artista favorito?», quiso saber Kay.

«Pablo Picasso es uno de ellos, pero hay más.»

«Parece que te cuesta elegir, ¿te pasa con todo?»

Lucía recordó cómo se le aceleró el corazón al leer aquello. ¿A qué se refería? Tardó un rato en responder mientras pensaba bien qué decirle. Además, su madre no paraba de insistirle en que guardara el móvil de una vez. Habían entrado en el centro comercial, subido las escaleras mecánicas y recorrido el pasillo varias veces porque estaba despistada mirando el móvil y no se decidía por ninguna tienda a la que entrar.

—¡Encima de que venimos a comprar tu regalo! —se quejaba María cada vez que Lucía tecleaba algo.

Así que entró en una que no era para niños, seleccionó varios vestidos, faldas, pantalones y camisetas y se metió en los probadores con la intención de que su madre no se extrañara si tardaba mucho. Una dependienta la avisó de que había sobrepasado el límite de prendas que podía meter, lo que significaba que su madre tendría que ir pasándole las que dejara allí cuando terminara con la primera tanda. Sí, María había insistido en acompañarla a la fila de probadores para ir viendo cómo le quedaba todo, y ella no había conseguido convencerla de que ya no era una niña pequeña y de que sola podía elegir perfectamente lo que más le gustara. Así que allí la tenía, detrás de la cortina, preguntándole por las prendas que se estaba probando en cuanto habían pasado dos segundos. Lucía respondió a Kay el último mensaje lo más rápido que pudo:

«JA, JA, JA, eres muy gracioso.»

«Me lo dicen a menudo. Sí, Picasso es un artista único. También a mí me gusta su obra. ¿Alguna en particular?»

Lucía resopló al ver el mensaje.

—¿Cómo vas Lucía? ¿Te falta mucho? —volvió a preguntarle su madre.

Lucía se probó una camiseta marinera de tirantes con un gran escote en la espalda y una minifalda de color rojo que le convencieron bastante. Tenía que poner fin a la conversación con Kay y concentrarse en su regalo de cumpleaños, pero le costaba despedirse de ese chico. Se lo estaba pasando muy bien hablando con él. Así que abrió la cortina y le enseñó a su madre el modelito.

—Si a ti te gusta..., eso es lo que importa —soltó María.

El gusto de su madre y el de ella no coincidían nunca, pero, como era su regalo, su madre se había obligado a no pronunciar en voz alta lo que opinaba realmente. Lucía cerró la cortina de un tirón y corrió a responder a Kay:

«Siete bailarinas, claro.» Lucía visualizó la imagen de aquellas mujeres tan delicadas preparadas para salir a un escenario y entregarse a la danza.

«Mágico. Como tu conversación, Lucía, pero debo marcharme. Mi tío me reclama. ¡Besos!», se despidió de pronto Kay y Lucía releyó el mensaje varias veces.

Después de las vueltas que había tenido que dar ella para continuar con la conversación, al final era él quien se despedía dejándola colgada. Negó con la cabeza y cogió aire; se sentía un poco tonta. Mientras, volvía a sonar la voz de su madre al otro lado de la cortina preguntándole por el resto de la ropa que tenía que probarse. Concluyó que era mejor no responder nada al último mensaje de Kay. Así que guardó el teléfono en la mochila y se concentró en las compras lo que quedaba de tarde. Y los días siguientes en el colegio, ella y Kay apenas habían tenido oportunidad de intercambiar unas pocas palabras.

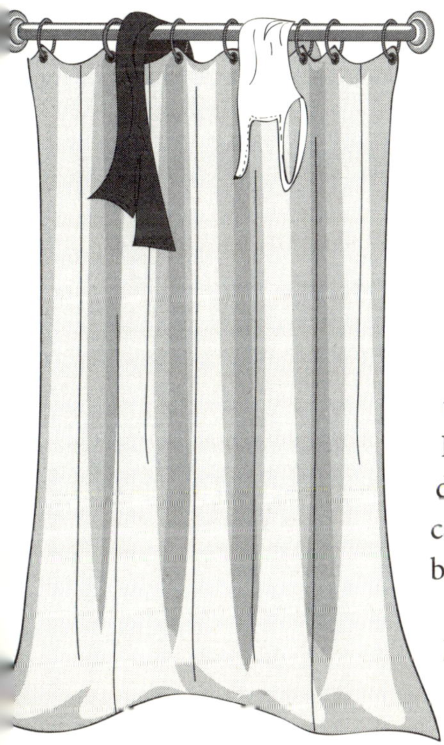

—¡Tierra llamando a Lucía! —gritó Frida devolviéndola al presente.

—Que sí, nena, que estoy aquí.

—Vale, entonces ¿cuál es tu decisión?

Frida enseñaba una especie de abanico de DVD que Lucía desconocía.

—Me da igual, tú eres la experta.

—¿Estás pensando todavía en Kay o qué? —la sorprendió Frida.

—¡No! ¡¿Estás loca?!

—¿Seguro?

—Seguro —volvió a mentir Lucía.

No estaba preparada para reconocer que ese chico quizá le gustaba. ¿Y si al final resultaba ser un chulo tal como las había advertido Marta?

—Bien. Entonces veremos *Step Up Revolution* —anunció Frida introduciendo el DVD en el aparato.

Bea asintió y Lucía también mientras sacaba de su mochila la bolsa de chuches que había traído para invitar a sus amigas. Se acomodaron en sus sacos de dormir, ya con el pijama puesto, y le dieron al «Play» del lector de DVD.

Mientras veían la película, Lucía se olvidó de sus problemas y disfrutó de los bailes de hip hop y de la historia de amor. ¿Por qué no podía ser todo tan fácil y tan bonito como en el cine?

9

¡Pero si 13 no son nada!

—Estaba mejor la anterior —reconoció Frida acabada ya la película.

—A mí me ha gustado bastante —la contradijo Bea.

—A ti te gusta todo —dijo de pronto una voz asustándolas a todas.

Cuando se volvieron vieron a un chico alto y fuerte con el pelo castaño de punta.

—¿Cómo os podéis tragar esa basura? —Volvió a hablar Marcos, el hermano mayor de Bea.

—¡Fuera de aquí! —gritó Bea, que se puso en pie y empezó a empujar a su hermano para que se marchara, como venía siendo habitual cada vez que las chicas se reunían allí.

—¿No sabes respetar la intimidad de tus invitadas? —le preguntó Frida, con quien, desde que les grabara el vídeo para el concurso de *Bravo* en marzo, había empezado a hablar por Tuenti de vez en cuando.

—Perdona, Frida, pero yo no os he invitado a nada. Si no estaría también sentado en esta buhardilla viendo esa mierda. ¿Queréis que me quede?

Marcos la miró fijamente y ella apartó la mirada para esconderse un poco más en su saco. Podía ser fanfarrona siempre y cuando Marcos no la intimidara con sus indirectas y sus ojos verdísimos.

—Es una fiesta de chicas. ¿No tienes nada mejor que hacer? —le preguntó Lucía poniéndose de pie.

No le importaba que el hermano de su amiga viera su pijama nuevo de cuadros violeta y azules. Era uno de los regalos que había comprado con su madre y que esta había tenido el detalle de adelantarle.

—A ver, déjame pensar... no.

—Pues es mi cumpleaños y, que yo sepa, no te he invitado. Así que ya sabes.

Lucía se cruzó de brazos y Marcos comenzó a reírse sin pudor.

—Ah, bueno, perdona, felicidades Lucía...

—Chisss —le dijeron todas. ¡No podía felicitarla todavía porque faltaba media hora para la medianoche y si lo hacía antes atraería la mala suerte!

—Estáis locas, mejor os dejo, antes de que se me contagie.

Marcos se dio media vuelta y bajó las escaleras hacia la primera planta de la casa. Las tres chicas se miraron y comenzaron a reírse a pierna suelta. Todavía había algunas chuches en la bolsa y se las repartieron de manera que cada una tuviera las que le gustaban: Lucía prefería las azucaradas, Frida quería las que eran más ácidas, y Bea, las que estaban rellenas o blandas.

—Es hora de conectarse a Skype —anunció Frida mirando su reloj: en pocos minutos serían las doce.

Bea abrió el portátil, introdujo el nombre de ZR4E y la contraseña para que se abriera Skype. Después buscó entre los contactos a Marta que, efectivamente, ya estaba conectada y pulsó la videollamada. Al instante, la cara de Marta con su melena rubísima tomó forma en la pantalla.

—¡Chicas!

—Guapísima, ¿cómo estás? —le preguntó Lucía.

—¡Bien! Ya pensaba que os pasabais de la hora.

—No, es que mi hermano nos ha entretenido un poco —confesó Bea.

—¿Marcos? —preguntó Marta sacándole la lengua a Frida.

—Sí, Marcos, graciosilla. Y me ha visto con el pijama más viejo que tenía...

—Seguro que le has encandilado con tus encantos. —Marta silbó de manera sexy.

—Con todos a la vez. Me he quedado muda...

Frida le contó lo que había pasado cuando Marcos la había mirado fijamente y ella había olvidado cómo se hablaba. Pensaba que esa fase estaba superada, pero había vuelto a recaer. Marta la animó: estaba segura de que también ella le gustaba y él se aprovechaba.

—Hay chicos que solo saben llamar la atención haciéndose los chulos y luego son corderitos.

Lucía estuvo a punto de decirle que ella opinaba eso mismo de Kay, pero no quería comenzar una nueva discusión sobre ese tema y tampoco demostrar a las demás que le daba más importancia de la debida. Sin embargo, Frida sí compartió con Marta el detalle de que Kay iría al cumpleaños de Lucía. Su amiga se quedó pasmada delante de la pantalla:

Aquí Lucía, que parece una ONG. Como le da pena...

—No es para tanto, pobre

—Bueno, pero tened cuidado —insistió Marta gruñendo un poco.

—Venga, ¿preparadas? —preguntó Frida cambiando de tema.

—Quedan tres minutos —anunció Bea señalando el reloj del ordenador.

—En el mío pone que dos —puntualizó Marta mirando el suyo.

—Pues ni pa ti ni pa mí, la felicitaremos dentro de uno —resolvió Frida.

Las chicas siguieron la cuenta atrás de los segundos a partir del número treinta y así hasta que llegaron al sesenta y consideraron que había pasado el minuto entero.

—¡¡¡¡¡¡¡FELICIDADES, VIEJUNAAA!!!!!!!

Todas la felicitaron como pudieron: Frida y Bea la abrazaron y le tiraron de las orejas a pesar de sus quejas, y Marta le mandó mil besos a través de la pantalla del ordenador. Era la primera de las cuatro que hacía los trece, ¿cómo se sentía? Lucía estaba viviendo una época un poco confusa y no sabía qué responder.

—Pues igual que ayer.

Bea se disculpó, se levantó y fue hacia la esquina, donde había una mesa, para coger un paquete de un cajón. Estaba envuelto en papel de color violeta y se lo entregó a Lucía de parte de todas.

—Este es el regalo del club —aclaró Marta.

Lucía sonrió y cogió la tarjeta que acompañaba al paquete. La leyó y notó un picor en los ojos:

Cada amiga había escrito una dedicatoria y la había firmado. Marta decía: «Seguiremos celebrando juntas tu cumpleaños los próximos ochenta años». Y Frida: «Aunque no crezcas mucho más, llegarás a ser muy grande».

—¡Qué capulla! —soltó sin poder evitar reírse del chiste.

Bea había escrito: «Nunca habrá otras amigas como las de El Club de las Zapatillas Rojas». Lucía las miró conmovida a las tres y les dio un abrazo a Frida y a Bea. A Marta le envió un beso con la mano.

—Os quiero muchísimo —les confesó.

Ya era inevitable, una lágrima descendía por su mejilla imparable, se la limpió y comenzó a deshacer el papel de regalo poco a poco.

—¡Rómpelo ya! —ordenó Frida.

Lucía la miró apretando la boca y no le hizo ningún caso. Siguió abriéndolo con cuidado. El papel era muy bonito y no lo quería destrozar. Cuando hubo terminado, se encontró con una camisa de tirantes con estampado de violas y un volante en cada hombro. ¡Era guapísima!

—Me encanta —dijo quitándose la parte de arriba del pijama y poniéndose la camisa en un momento.

Era perfecta. La talla, ideal, y el dibujo también. Sus amigas la conocían bien... Lucía sintió una punzada de culpabilidad y comenzó a llorar otra vez. Las chicas la abrazaron creyendo que era de emoción y agradecimiento por el regalo y la noche que habían pasado todas juntas a pesar de la distancia que las separaba de Marta, pero ella sabía bien que no era solo por eso: les estaba ocultando un secreto que ellas ni imaginaban y sí, estaba rompiendo algunas reglas del club. Pero lo que más le dolía a Lucía era que de momento no estaba dispuesta a hacer nada por remediarlo. Quizá el sábado conseguiría aclarar algunas cosas...

10

Armisticio en la familia

Aunque le costó horrores, Lucía se despertó la primera en la buhardilla de Bea. Se deshizo de un trozo de chuchería que se le había quedado pegado a la cara, recogió los regalos y la ropa y se despidió de sus amigas todavía adormiladas en sus sacos. Debía llegar a tiempo a casa para que su madre no se enfadara. Tenían la reserva hecha a las dos en punto en su restaurante favorito y antes había pedido hora en la peluquería para repasarse el corte. Había llegado el momento de celebrar su cumpleaños con toda la familia unida y cualquier cosa era posible. Supuestamente, lo habían acordado así las dos partes, tanto su padre como su madre, para demostrarle que podían llevarse bien si se lo proponían. Al menos esa era la versión anunciada. La otra, la de verdad, era (y Lucía estaba al corriente) que todos querían comer con ella el día de su cumpleaños y no el día después o el siguiente, así que no tenían más remedio que aguantarse los unos a los otros.

Lucía se sentó justo en la mitad de una mesa rectangular para siete. A un lado, su madre con José María y su abuela Agustina. Al otro, su padre, Lorena y Aitana, que enseguida se entretuvo coloreando un dibujo con unos lápices de colores que le facilitaron los camareros del restaurante. Aunque desde fuera todo parecía normal, la tensión se podía cortar con un cuchillo y Lucía sabía que la guerra, aún no declarada, podía desatarse a partir de la chispa más pequeña.

—¿Sabes ya lo que te vas a pedir? —le preguntó su madre.

—Sí. Quiero una ensalada mixta y costillas de cordero.

—¿No será demasiado? —le planteó su madre sin apartar los ojos de la carta—. Mira que si luego no te lo acabas...

—Déjala que pida lo que quiera. Para eso es su cumpleaños —respondió David mirando a María por encima de la cabeza de Lucía.

Cuando María levantó los ojos de la carta dispuesta a responderle, Lucía plantó la cabeza entre sus dos progenitores para cortar la chispa en potencia, y les advirtió:

—No empecéis. Pediré media ración de la ensalada y ya está.

Tanto María como David resoplaron recuperando su postura inicial.

—¿Es que aquí todo es carne? —protestó de pronto Lorena—. Yo hoy necesito comer algo de pasta —aclaró llevándose la mano a la barriga.

David se acercó a ella y comenzó a hablarle en tono calmoso:

—Come pasta por la noche y ahora tómate algo de carne bien cocinada.

—¿¿¿Te has vuelto loco??? Si por la noche como pasta luego no duermo bien. ¡Que son carbohidratos!

—Pues la comes mañana, por un día que varíes la dieta no pasará nada, no te preocupes.

—Pero es que no me fío de comer carne fuera de casa... ¿Y si cojo algún parásito?

Lorena miraba a su marido con los ojos muy abiertos, como si David estuviera diciendo auténticas majaderías.

—Cariño, si no pides carne cruda no tienes de qué preocuparte.

David mantenía la serenidad para hacer entrar en razón a su mujer, que se comportaba como si nunca hubiera pasado un embarazo... Pero Lorena volvió a protestar afirmando que, en función de la temperatura a la que cocinaran la carne, podía contagiarse de algún parásito igual.

—Pues come verdura —le sugirió María.

—La verdura es una caca —soltó Aitana levantando los ojos de su dibujo y mirando a María desafiante.

—No digas eso, cariño. —Lorena acarició la cabeza de su hija con dulzura, que volvió a su dibujo, y después respondió a María con la mirada fija—: Verdura solo como en casa. No me fío de que la laven bien y volvemos a estar en lo mismo.

María suspiró sonoramente entornando los ojos de forma exagerada. Inmediatamente, José María llamó su atención cogiéndole la mano y apretándola un poco.

—¿Qué pasa, es que te canso? —le preguntó Lorena subiendo el volumen de su voz.

—Yo no he dicho eso.

—María, anda, no te metas —la aconsejó David.

Lucía observaba la situación y sabía que si nadie hacía nada, en cuestión de minutos comenzarían a volar las voces, las servilletas... y, quién sabía si, también, los platos y la comida. Miró a su abuela Agustina y esta le dedicó una sonrisa tranquilizadora antes de tomar la palabra:

—Vamos a tener la comida en paz. Hoy es el cumpleaños de Lucía y no dejaré que nadie se lo arruine.

Pese a que su abuela era la persona más feliz del mundo, cuando Agustina se imponía nadie le llevaba la contraria. De joven había sido maestra y sabía muy bien cómo calmar los ánimos de los más revoltosos. Lucía le dio las gracias. A partir de ese momento, no hubo más discusiones ni palabras fuera de tono. Casi no hubo palabras, pero Lucía prefería eso al fuego de comida que había imaginado con tanto detalle.

—Es la hora de los regalos —anunció María muy orgullosa.

Sacó varios paquetes de una bolsa y se los entregó a su hija, que los recibió encantada. Aunque ya sabía lo que era todo, le hacía mucha ilusión estrenar los conjuntos que le habían regalado su madre y José María.

—Gracias, mamá, me encantan.

Lucía dio dos besos a su madre y se ahorró mencionar que había ido a comprarlo con ella. Sabía que su madre prefería que no lo hiciera, para que su padre y Lorena comprobaran que ella también podía estar a la moda si se lo proponía.

Lorena se levantó de la silla y cogió a Aitana de la mano para llegar hasta Lucía y entregarle su regalo, un paquete bastante pequeño. ¿Qué podía ser? A la mujer de su padre le encantaba sentirse protagonista. Al abrirlo, Lucía se encontró con unas gafas de sol que eran una pasada.

—Ahora que viene el verano podrás utilizarlas a diario y evitarás que en un futuro te salgan arruguitas en los ojos.

Lorena se masajeó el contorno de los ojos haciendo gala de su sabiduría en temas estéticos. Se notaba que su profesión era esa: esteticista.

—Son chulísimas.

Lucía advirtió de reojo que su madre susurraba algo al oído de José María. Imaginó que tendría que ver con el precio del regalo. Dio dos besos a Lorena y a su padre. Cuando llegó el turno de Aitana, la pequeña le pidió permiso para probarse las gafas y Lucía se lo concedió, no quería más discusiones por ese día. Con la cara de Aitana cubierta casi enteramente por las gafas en plan mosca total, a Lucía le entró la risa tonta.

—¡Quiero verme, quiero verme! —gritaba la niña.

Lucía sacó su móvil y le hizo una foto.

Cuando la pequeña la vio comenzó a reírse también y, sujetando las gafas con fuerza, al final empezó a reivindicar:

—¡Quiero unas iguales, quiero unas iguales!

Lorena tuvo que arrancarle, literalmente, las gafas de sol de las manos para devolvérselas a Lucía.

—Falta el mío —anunció Agustina levantando un paquete más pequeño todavía.

Lucía se levantó y se dirigió hacia su abuela.

—Feliz cumpleaños, preciosa.

El paquetito contenía una caja cuadrada pequeña y, al abrirla, Lucía descubrió dos pendientes que brillaban mucho.

—¡Son guapísimos, abuela! —exclamó quitándose los que llevaba y poniéndose los nuevos.

Dio un sonoro beso en la mejilla a Agustina y un abrazo fuerte. Después pasó el móvil a su madre para que le hiciera una foto con su abuela y los pendientes nuevos. Al ver lo bien que habían salido las dos y cómo brillaban sus orejas, decidió ponérsela en su perfil de Tuenti. Ya de nuevo en su silla, entró en su cuenta y cargó la foto titulándola: «Un cumpleaños muy brillante».

Los pendientes le irían estupendos con el modelito que había elegido para después. Sí, Lucía ya sabía exactamente lo que se iba a poner esa tarde: la minifalda roja que le había regalado su madre con una de las camisetas, la blanca de hombros caídos con una flor en la espalda, y el blazer corto estampado, a juego con las bailarinas. Habían quedado a las seis en el centro, así que no le sobraría mucho tiempo tras la comida en familia para correr a casa a vestirse, y menos para hacer pruebas delante del espejo buscando el conjunto perfecto.

Solo de pensar en esa tarde comenzaba a notar como su corazón se aceleraba: Kay y Eric estarían con ella al mismo tiempo, en la misma sala de cine. Kay, a quien era incapaz de dejar de mirar cuando tenía delante, y Eric, su novio desde hacía poco más de un mes. Empezaba a pensar que había sido un error invitar al alemán. ¿Y si Eric se enfadaba?

¿Es que se había vuelto loca? Sin embargo, ya era tarde para echarse atrás. No tenía más remedio que prepararse para lo que viniera.

Inicio Perfil Mensajes Gente Videos Buscar subir fotos

Un cumpleaños muy brillante

5 ME GUSTA

FRIDA: Cm br illan tus orjas!

MARTA: Parce ke l comida s pacifica, no?

BEA: Tu abu s un sol!

RAQUEL: Coge fue rzas xa sta ta rd...

SUSANA: Ya tiens pndient es xa dslumbrar ns at ods. Y l m xa acmpaña rls?

11
Un cumpleaños muy brillante

Lucia vigilaba que los hombros caídos de la camiseta no cayeran demasiado mientras en la pantalla los diálogos se hacían eternos. Casi se había terminado el cartón de palomitas. Dio un sorbo a su Coca-Cola y con la sal se atragantó y comenzó a toser. Frida le dio golpecitos en la espalda y ella levantó la mano para avisarla de que ya se le pasaba. Se adelantó un poco y vio que Eric ni siquiera la miraba, estaba revisando algo en el móvil. Definitivamente, se había equivocado de película...

Escogerla no había sido nada fácil. Los chicos querían una de Jason Statham con puños y sangre, y las chicas apostaban por la última comedia romántica de Ashton Kutcher. Al final, como el cumpleaños era de Lucia, había intentado que todos estuvieran contentos decidiéndose por una que, según su madre, se había llevado varias estatuillas en la gala de los Oscar de ese año. No le gustaba ser víctima de esa clase de presión, pero no quería que cada grupo entrara en una sala diferente, le apetecía ver la película en compañía de Eric y, bueno, también de Kay.

Sin embargo, estaba sentada entre Bea y Frida, que a su lado tenía a Susana, a quien escuchaba charlar animosamente con Kay justo en el extremo. Lucía veía de reojo a Bea, estirada como un palo en su asiento, como si no se atreviera a mover ni un pelo. A su lado estaba Raúl, un amigo de Eric tan tímido como ella. La que mejor se lo estaba pasando era Raquel, que, sin vergüenza ninguna, se había sentado en el otro extremo junto a Jaime. Menuda pareja hacían: aun estando sentados, ella le sacaba dos cabezas. Cada dos por tres se oía algún «chisss» de la fila de atrás para pedirles que se callaran porque no paraban de bromear sobre la película. Eric se había colocado justamente entre Jaime y Raúl, y Lucía creía comprender el motivo...

En su intención por ser puntual al menos ese día, Lucía había llegado al punto de encuentro casi la primera, impecable en su ropa nueva. Y había sido «casi» porque el único que estaba allí cuando llegó era Kay, la puntualidad alemana...

—Estás muy guapa. ¡Feliz cumpleaños! —gritó al verla.

Kay vestía unos vaqueros negros ajustados y un polo rojo. Acostumbrado como estaba al clima alemán, llevaba la cazadora de cuero colgada del brazo.

Lucía notó que el calor le subía por el cuello y le dio las gracias tratando de disimularlo.

—¡Vamos a juego! —exclamó señalando la falda de Lucía y su polo.

—Si quieres te la presto.

Kay soltó una carcajada. Se fijó en que llevaba una bolsa de plástico en la mano con algo dentro y, sin pretenderlo, sus ojos se desviaron a ella.

—Qué observadora eres, Lucía. ¡Aquí tengo tu regalo!

—No, perdona, no era mi intención...

Comenzó a disculparse, pero Kay alzó la mano y negó con la cabeza para interrumpirla.

—No te disculpes, si esto es para ti. Feliz día de cumpleaños.

Kay le entregó la bolsa y, al abrirla, Lucía se encontró con algo que la dejó muda.

—Casi no me da tiempo a conseguirlo, pero he tenido suerte —comenzó a explicarle Kay—. ¿Te gusta?

Lucía no encontraba las palabras acertadas para expresar lo que sentía. Le sudaban las manos y no quería estropear el mejor regalo que le habían hecho: una copia de *Siete bailarinas* de Picasso firmada por el mismo Kay. Así que la cogía por las esquinas con mucho cuidado.

—No sabía que pintaras...

—Sí, la pinté hace siglos, pero la tenía en Berlín. Conseguí que Agneta me la enviara por correo urgente. Ella cuida de nuestra casa. —El alemán movía la mano en el aire dando vueltas infinitas—. Lo importante es que ha llegado a tiempo. ¿Te gusta? Sé que no es como la original, pero...

—Me encanta, parece auténtica —lo interrumpió Lucía sin separar los ojos del regalo.

Lucía ya no sabía ni qué decir. Le dio las gracias una vez detrás de otra y le aseguró que el regalo era increíble, ¿cómo podía agradecérselo?

—¿Qué tal con dos besos? —sugirió Kay.

Lucía se acercó a él, tímida. Estaba muy nerviosa, notaba como le temblaba todo el cuerpo. Apretó los labios pintados con gloss para asegurarse de que estuviera bien distribuido. Se acercó a él y le dio un beso en la mejilla izquierda y después rápidamente pasó a la derecha antes de regresar a su sitio a una distancia prudente frente a él.

La sonrisa de Kay iba de una oreja a la otra. También a Lucía se le escapó otra igual de grande, hasta que al darse la vuelta descubrió quién se acercaba hacia ellos.

Eric llegaba con las manos metidas en los bolsillos. También él llevaba una bolsa colgando de la muñeca que se balanceaba adelante y atrás con cada paso que daba. La chaqueta tejana

desabrochada dejaba a la vista su camiseta negra de Santa Cruz. Los tejanos caídos le sentaban francamente bien.

—¡Hola, Eric! —saludó Lucía, quizá demasiado eufórica, caminando hacia él.

Eric saludó a Kay con la cabeza y miró a Lucía con el ceño fruncido.

—¿Qué hace aquí?

—Lo he invitado yo. Como no conoce a nadie...

Eric asintió con la cabeza y se acercó para saludar al alemán.

—¿Qué pasa, tío?

—Pues nada, disfrutando de la compañía de esta chica tan guapa —soltó Kay, ignorando totalmente que la chica de la que hablaba era la novia de Eric.

—Sí, estás muy guapa —dijo entre dientes Eric—. ¿Qué llevas ahí? —le preguntó señalando las manos de Lucía.

¡Qué cabeza! Ni se había dado cuenta de que seguía sosteniendo la lámina en la mano. Le explicó a Eric que Kay se la había regalado, ¡la había hecho él mismo! ¿No era el mejor regalo del mundo?

No lo hizo a propósito, pero al instante se dio cuenta de que había metido la pata. Quizá porque le había hecho sentir menos, Eric no le dio el regalo que había traído y casi no le habló de camino al cine. Y, encima, se sentó en la otra punta de la fila de butacas.

Al acabar la película y salir del cine, las chicas aprovecharon que los chicos se habían adelantado para hacer piña alrededor de Lucía. Iban camino del *burger*, unas calles más abajo.

—¿Qué te pasa con Eric? —Frida fue la primera en preguntar, como siempre.

—No lo sé. Se ha sentado en el quinto pino.

—¿Y no te ha dado su regalo? —preguntó Susana haciendo gala de su observación.

—No sé si es mi regalo.

¡Venga ya, tía! ¿Para qué iba a llevar una bolsa si no? —la contradijo Raquel.

—Es que con el regalazo que te ha hecho Kay, cualquiera se atreve... —reconoció Bea moviendo la cabeza negativa.

—¡Eh! ¡Que el vuestro también me ha gustado muchísimo! —le recalcó Lucía para que su amiga no pensara mal.

Las chicas le habían dado otro regalo en grupo con Susana y Raquel, para que no se sintieran apartadas: unas Converse de cuadritos de colores chulísimas.

—Sí, ese tío se ha pasado tres pueblos. Creo que está perdiendo algunos puntos... —Frida le dio la razón.

—Seguro que si no me hubiera regalado nada también lo criticaríais. El pobre chaval está sentenciado haga lo que haga —soltó Lucía algo enfadada. Aquella conversación estaba empezando a molestarla.

—No exageres, lucerito —bromeó Frida señalando sus pendientes brillantes.

—Tienes que intentar hablar con él —le aconsejó Susana.

—¿Con quién?

—Con Eric —le aclaró Susana.

Lucía pensó que quería que hablara con Eric para que ella pudiera seguir haciéndolo tranquilamente con Kay, sin que nadie la molestara. Pero, aun así, tenía razón. Después de todo, aquella debía ser su primera cita como novios y apenas habían hablado desde que se habían visto. Así que se separó de sus amigas y corrió hasta donde caminaba Eric acompañado de Raúl, con la intención de arreglar lo que había estropeado. No sabía muy bien cómo comenzar, Eric miraba al suelo y el pelo le cubría parte de la cara, de manera que ignoraba si se había dado cuenta de que estaba a su lado...

—¿Te ha gustado la película? —le preguntó.

—Me he dormido a la mitad —reconoció el chico, bastante seco, llevándose el pelo detrás de las orejas con la mano.

—Sí, creo que no he elegido demasiado bien.

—Yo también lo creo.

Comprendía que Eric estuviera molesto con ella, su comentario sobre el regalo de Kay había sido de lo más desafortunado. Así que reunió todo el valor del que fue capaz para alargar su mano y tirarle del brazo para cogerle. Al darse cuenta, Eric dejó de caminar y se la quedó mirando. Sin decir nada, cogió su mano y reanudó el paso. Con el caminar bastante acompasado, Eric avanzaba junto a Lucía y ella le vigilaba de reojo. Seguía muy callado, pero por lo menos sentía como los dedos se aferraban a los suyos. Se fijó en que seguía llevando la pulsera de hilos verdes y violeta que le hizo meses atrás.

—¿Ese regalo es para mí? —se atrevió a preguntar. Quería arreglar aquello antes de que llegasen al *burger*.

Eric se tomó un momento para responder:

—Es una tontería.

—Es mi regalo y lo quiero.

Le pareció ver como Eric dibujaba una sonrisa, o media, ¡al fin! Alargó el otro brazo y le tendió la bolsa para que ella misma sacara su contenido.

—No es ninguna obra de arte.

Lucía le regañó con la mirada y abrió la cajita que guardaba el papel de regalo. En su interior había un collar que mezclaba el cuero con los hilos de colores: verde y violeta, el favorito de Eric y el suyo.

—Gracias, es perfecto.

Se colocó el collar alrededor del cuello. No acertaba con el cierre y al final fue Eric el que acabó abrochándoselo mientras ella miraba al suelo con toda la melena pelirroja echada para delante para que no se le enganchara.

—¿Me queda bien?

—A ti todo te queda bien.

Lucía cogió la mano de Eric y caminaron hasta el *burger*. Cuando llegaron ya estaban todos sentados en su sitio y habían dejado dos sillas juntas en una de las mesas. Lucía distinguió en un extremo a Susana y a Kay hablando ajenos a los demás. A pesar de tener al chico más guapo del mundo a su lado, sintió una especie de rabia difícil de identificar, pero decidió ignorarla. Al menos ese día, o durante esa tarde tan brillante.

12
¡Cuántas cosas caben en una cabeza!

Cuando los chicos terminaron sus hamburguesas y sus refrescos, se fueron a coger el autobús para regresar a sus casas. Eric se había animado tras la charla y habían pasado un buen rato de bromas y batallitas futboleras, pero no había dirigido la palabra a Kay, que se había pasado el rato de cháchara con Susana al otro lado de la mesa. Su autobús llegó el primero y se despidió de Lucía dándole dos besos y deseándole que pasara un buen domingo con su familia. No fue hasta ese instante que Lucía cayó en que Kay, Susana y ella habían quedado al día siguiente a media mañana para acabar el trabajo de sociales que la Esfinge les pediría el lunes. No le apetecía nada quedar con esos dos para ver como se pasaban el rato hablando entre ellos e ignorándola, pero si quería mantener la buena media que había conseguido en la evaluación anterior no tenía más remedio. Levantó la mano para llamar a Eric y explicárselo, pero él ya subía los escalones del autobús de espaldas a ella. Y la verdad: tampoco era para tanto. Ni siquiera tenía por qué enterarse...

Al llegar a casa, se encontró con su madre y José María sentados en el sofá de la sala viendo las noticias. Y comenzó el interrogatorio.

—¿Qué tal ha ido la celebración? ¿Te han regalado muchas cosas?

—Bien.

—Pues no se nota. ¿Qué te pasa?

Lucía caminó hasta ellos vacilante y sin quitarse el blazer. No pensaba quedarse mucho. ¿Cómo le explicaba a su madre el lío que había en su cabeza?

—Estoy bien, solo un poco cansada.

—¿Qué te han regalado tus amigos? —le preguntó su madre señalando las bolsas que llevaba.

Lucía les enseñó las Converse, el collar y, cuando llegó a la pintura del alemán, su madre dio tal bote que por poco se cae al suelo.

—¡Pa-pa-pa... rece original! —gritó tartamudeando.

Ella había sido quien le había descubierto la obra de Pablo Picasso después de llevarla a una exposición años atrás. Lucía le explicó que la lámina la había hecho un compañero nuevo de clase que era alemán y que también le gustaba pintar.

—¡Qué maravilla! —exclamaba María, a quien la mandíbula no le daba más de sí.

Antes de despedirse, Lucía explicó a su madre que no podría ir a la comida que tenían al día siguiente con los compañeros del restaurante de José María porque tenía que acabar un trabajo de sociales con ese mismo chico y con Susana. Al principio, tanto ella como José María le insistieron en que quedara con ellos más tarde o antes de la comida.

—¡Pero vente! Si te va a encantar el sitio, hacen una carne buenísima —anunció José María limpiando sus gafas con una servilleta.

—Lo siento, es que no sé a qué hora terminaremos.

—Seguro que vais a trabajar y no os iréis por ahí de paseo, ¿no? —se apresuró a decir su madre. Cuando Lucía le juró y perjuró que sí, ella acabó cediendo—: Te dejaré comida preparada para que la calientes por si acaso.

—Vale, me voy a mi cuarto —respondió recorriendo ya el pasillo.

Dejó el bolso de bandolera en la silla del escritorio y las bolsas con los regalos en el suelo. Todavía no se iba a meter en la cama, no eran más que las diez de la noche. Colocó el cuadro de Kay apoyado encima de la mesa contra la pared y las Converse en el armario. Después se quitó el collar de Eric: era muy bonito y tenía un gran significado con esos dos colores, que eran los suyos. Debía agradecer la suerte que tenía: ¡el chico valía un montón y no podía dejarlo escapar! Abrió la caja de madera y lo colocó dentro con las demás joyas que tenía. A ver, no había nada de oro, pero sí de plata y alguna que otra piedra bonita.

Nada más encender el ordenador y abrir su correo le llegó un aviso del chat de Tuenti. Era Marta:

Ke tal tu dia d cumpl?

Guay

Lucía le explicó todo lo que habían hecho y Marta no tardó en preguntarle qué tal se había comportado Kay.

No t fies, Lucía. Tiene muxo morro

Lucía se sintió culpable por no poder contarle a su amiga todo lo que le estaba pasando esos días, la confusión entre Eric y Kay, los celos hacia Susana...

Tranki. Yo paso , mintió.

Entonces vio que Frida y Bea también se habían conectado y pensó que era el momento perfecto para seguir hablando de la recaudación de fondos para el campamento. De paso, cambiarían de tema. Frida tenía el lunes su entrevista con la dueña de los perros, Marta seguía con lo de los pasteles, Bea con el canguro... Así que creó un chat en grupo con las cuatro componentes de El Club de las Zapatillas Rojas.

Mpiezo a organizar rastrillo YA

Era consciente de que era la única que todavía no había conseguido ni un chavo para la matrícula de Frida.

Yo toy en ksa de mi vcino, anunció Bea, que debía de haberse llevado el portátil aprovechando que el pequeño Teo se habría dormido ya.

Perfect! Yo e vndido 2 tartas a 10 e, informó Marta.

Sois las mjors, escribió Frida.

ZR4E!!!!, dijo Lucía.

, añadió Marta.

, puso Bea.

Lucía cogió el calendario de Mafalda que tenía en la mesa y les preguntó si les parecía bien que organizaran el rastrillo para el primer fin de semana de junio. Así tenían tiempo de sobra para organizarlo en profundidad.

A mí m da =, dijo Marta, recordándoles que ella no estaría allí para acompañarlas.

T mantndrms info via wtsp, la animó Lucía.

Yo tngo partido domingo. Mjor sbdo, dijo Frida.

Sbdo guay, dijo Bea.

Ahora vuelvo, respondió Lucía.

Cayó en que no les había comentado nada a Susana y a Raquel, y quizá ellas querrían colaborar también. Salió un momento de Tuenti para enviar un e-mail a Raquel y a Susana contándoselo todo. Se notaba que las dos llevaban una Blackberry encima, porque, aunque no estaban en sus ordenadores, respondieron a los pocos segundos.

De: Susana (wewillrock@hotmail.com)

Para: Lucía (let'sdance@hotmail.com) y Raquel (callejerasiempre@hotmail.com)

Asunto: Re: Rastrillo on the way

¡Me apunto! Aunque yo no pueda ir a ese campamento quiero que Frida vaya para que luego podáis darme envidia el resto del año con vuestras aventuras en la playa de Cádiz.

XOXO

Susana

De: Raquel (callejerasiempre@hotmail.com)

Para: Lucía (let'sdance@hotmail.com) y Susana (wewillrock@hotmail.com)

Asunto: Re: Rastrillo on the way

Eso ni se pregunta, tía. Claro que quiero participar. En un rastrillo se puede ver de todo y me muero de curiosidad por descubrir lo que vendéis. Además, Frida se merece un descanso y está deseando irse a ese campamento vuestro mientras yo me muero de frío en Inglaterra... ¡Qué perras!

Besossssss,

Raquel

Susana & Rakel tb s apuntan, añadió Lucía al chat de Tuenti.

Podms acrlo n mi jardín, propuso Bea. Era la única de las tres que vivía en una casa y no en un bloque de pisos.

Mola!, escribió Frida.

Ké hippy!, dijo Marta.

Ahora que ya tenía la fecha y el lugar, Lucía creó el evento en Tuenti. No sabía todavía cómo lo montarían, pero necesitaba que ese rastrillo fuera diferente a todos los demás, original, como ellas, y que llamara la atención. Así que lo llamó

Rastrillo especial

y comenzó a invitar a todos sus amigos, incluso a aquellos con los que hacía mil años que no hablaba: cuantos más lo vieran mejor. En el mensaje solicitaba que compartieran el evento con sus contactos creando una cadena. Lucía se fijó en que sus amigos tampoco eran muchísimos...

Ncsitarms publicidad, avisó a sus amigas.

Of course!

Enseguida empezaron a apuntarse. Eso estaba bien. Patricia, Jesica, Saúl, Alfon... Todos iban aceptando su invitación. La franja de apuntados se llenaba por momentos, y, todavía, ninguno la había rechazado. ¡Qué exitazo! Cada vez le apetecía más hacer aquello, incluso los problemas del día con Eric y Kay habían pasado a un plano remoto, casi ni se acordaba.

De pronto un nuevo evento abierto apareció anunciado en la red social. Se llamaba

LA MEJOR FIESTA DE TU VIDA

Y al fijarse se dio cuenta de que tenía lugar el mismo día que el rastrillo. ¡Incluso la habían invitado! No se lo podía creer... Entró en el evento para averiguar quién había tenido la maravillosa idea de celebrar una fiesta ese sábado. La respuesta no la pilló totalmente por sorpresa... Marisa. A los pocos segundos, los asistentes a su fiesta triplicaban los de su rastrillo. Su gozo en un pozo.

Abeis visto kien ace 1 fiesta?, tecleó en el chat a gran velocidad.

Frida y Bea tardaron dos segundos en responder, incapaces de ocultar su desilusión. No había duda de que la reina de las Pitiminís lo había hecho a propósito, para fastidiarlas. Pero si había algo seguro era que ellas no se rendirían fácilmente.

13

En domingo no se trabaja

La biblioteca estaba medio vacía. Era raro encontrar estudiantes con la suficiente fuerza de voluntad para ir a estudiar un domingo por la mañana. De hecho, lo raro era que una biblioteca abriera en domingo, pero como aquella se ubicaba a dos pasos del colegio y el final del curso estaba a la vuelta de la esquina, abrían sus puertas en un acto solidario para aquellos que lo necesitaran. Sin embargo, más que estudiantes, había algunos lectores hambrientos que preferían el silencio sepulcral que se mantenía allí dentro al barullo dominical de sus casas llenas de niños y familia.

Lucía pasaba las páginas sin detenerse demasiado en uno de los libros de historia que la Esfinge les había recomendado mientras Susana y Kay revisaban los distintos apartados del trabajo en el portátil que Susana había llevado para asegurarse de que estaba todo correctamente. No cabían los tres delante del monitor y ella ya no sabía qué hacer para no sentirse marginada por esos dos que se habían hecho tan amiguitos... Al llegar se habían adueñado de una de las mesas con enchufes que en ese día de descanso estaban completamente libres, algo inaudito en los días laborables.

—¿Hemos incluido a Tito entre los emperadores más importantes? —preguntó Lucía solo para llamar la atención, aunque recordaba perfectamente que habían añadido la reconquista de Jerusalén que protagonizó el emperador.

—Sí, eso está al principio —respondió Susana sin apartar los ojos del portátil, y después siguió leyendo sin más.

Sentado a su lado, Kay la avisaba cuándo podía darle al ratón para avanzar a la siguiente página. Un equipo de lo más coordinado. Lucía resopló y tomó una decisión.

—Pues si ya está todo, yo me marcho.

—Ah, ¿sí? —le preguntó Susana.

—¿Por qué? —preguntó Kay un poco más impresionado que su amiga, o eso le pareció a ella.

—Bueno, porque el trabajo ya está acabado y yo ya no pinto mucho.

—Entonces podríamos celebrar juntos que hemos acabado, ¿no? —propuso Kay para su sorpresa.

Susana lo miró satisfecha y comenzó a asentir con la cabeza.

—¿Tú no tienes que ir a comer a casa?

Su amiga debía pretender que Lucía se marchara para dejarlos a solas, pero ella no se lo iba a poner en bandeja. Ya la habían marginado suficiente durante toda la mañana.

—No, mi madre y José María comen fuera.

—¡Estupendo! Así me haréis de guías turísticas —exclamó Kay.

En pocos minutos recogieron los libros y el ordenador. Lucía se colocó la cazadora tejana sobre la camisa de cuadros y, encima, el bolso de bandolera cruzado. Se sentía algo más animada tras la invitación de Kay. Salieron de la biblioteca y ella se apresuró en colocarse a su lado. Se puso sus gafas nuevas ya en la calle, así le daba menos vergüenza mirarlo. Cuando el sol daba directamente en los ojos del alemán, el azul se hacía casi cristalino y en contraste con el borde oscuro que lo envolvía resultaba impresionante.

—¿Qué sitios te gustaría ver? —preguntó Lucía.

Kay caminaba despreocupado en medio de las dos amigas.

—¡Vosotras tenéis que decir! Es vuestra ciudad.

—Podemos ir al paseo marítimo —propuso Susana.

Al alemán le pareció una gran idea, y después de coger el metro y atravesar varias calles llegaron al paseo que recorría la costa de la ciudad.

Susana seguía acaparando la atención del chico mientras Lucía intentaba seguir el ritmo: sus piernas eran bastante más cortas que las de ellos y hacía auténticos esfuerzos por conseguirlo; además, se había puesto unos zapatos con un poco de tacón y no eran los más adecuados para hacer la maratón que estaban haciendo. Los ciclistas y patinadores que querían aprovechar el buen tiempo la adelantaban casi rozándola, y también los caminantes despistados. Empezaba a enfadarse otra vez por el monopolio que ejercía Susana: tenía mucha más labia que ella cuando se lo proponía. Quién hubiera dicho que hacía unos meses la conocían como Susana la Solitaria... ¿Qué podía hacer para dar la vuelta a esa situación y que Kay se fijara más en ella? Caminaba todo lo rápido que podía cuando se le ocurrió algo y lo llevó a cabo sin vacilar.

Lucía dobló el pie y se dejó caer al suelo. Kay tardó medio segundo en darse la vuelta y agacharse a su lado:

—¿Estás bien?

Se llevó la mano al pie y se tocó el tobillo. Por suerte, el día antes se había pintado las uñas de los pies de color rosa clarito, así que cuando se quitó el zapato y su pequeño pie quedó a la vista no tuvo que avergonzarse.

—Creo que me he torcido el tobillo.

Susana estaba inclinada al lado de Kay mirando el pie con los ojos entrecerrados, como analizando la torcedura.

—¿Te duele? —le preguntó el chico cogiendo el pie y moviéndoselo arriba y abajo.

Lucía se esforzaba en disimular las cosquillas que le estaba haciendo. Se mordió el labio para fingir que le dolía un poco, pero Susana debió de comprender que todo aquello era teatro porque enseguida se puso de pie entornando los ojos y poniendo los brazos en jarras.

—Quédate aquí, ahora vengo —anunció Kay antes de salir escopeteado dejándolas solas.

—¿A qué juegas? —le preguntó Susana.

—¿A qué te refieres?

Lucía se encogió de hombros.

—¿Te gusta Kay?

—¿Qué?

No estaba preparada para un ataque tan directo.

—Te he preguntado si te gusta este chico. Porque si sales con Eric, tu novio y el chico más guapo de la escuela, no sé a qué viene esto. —Susana señaló con las manos a Lucía.

—¿Esto?

—Sí, todo este paripé.

Lucía fue a decirle que no sabía si le gustaba, pero que estaba claro que a ella sí cuando Kay salió del restaurante que estaba justo al lado con una bolsa de plástico y varios hielos dentro. Se arrodilló junto a ella y le colocó el hielo rápidamente sobre el tobillo.

—Me he torcido muchos pies y manos jugando al baloncesto.

Kay la miró directamente a los ojos y Lucía se quedó embobada.

—¿Lucía?

Primero no reaccionó, era como si la voz hubiera sonado en otra dimensión. Pero la segunda vez que oyó esa voz tan familiar consiguió reaccionar dándose la vuelta. Eric caminaba hacia ella con cara de susto.

—¡Eric!

Lucía apartó de un manotazo el hielo de Kay y se puso en pie casi de un salto. Apoyó los dos pies en el suelo olvidándose de fingir nada.

—¿No te duele? —le preguntó Susana.

—No, creo que ya está bien...

—¡El hielo es mágico! —exclamó Kay.

—¿Qué haces aquí? —preguntó Lucía caminando lentamente hasta Eric y dando la espalda a los otros.

—Estoy con mis padres. Vamos a comer allí.

Eric señaló el restaurante del que había salido corriendo Kay hacía un minuto. En la puerta, Lucía reconoció a los padres de Eric de las reuniones y funciones del colegio.

—Salúdales de mi parte.

—¿No ibas tú a pasar el día con tu familia? —le preguntó él con el ceño fruncido.

Lucía le explicó lo ocurrido: habían quedado para acabar el trabajo de sociales, pero se le había olvidado completamente contárselo. Lo de enseñarle la ciudad al alemán había surgido después, improvisado.

—Bueno, yo me tengo que ir —respondió Eric con tono brusco.

—Vale, nos vemos mañana.

Lucía intentó sonar conciliadora, pero Eric se dio la vuelta y se dirigió hacia donde estaban sus padres sin mirar atrás. Se veía enfadado y Lucía lo comprendía, después de todo, le había mentido, aunque no hubiera sido una mentira mentira: solo le había ocultado algo de información. Esperaría a hablar con él el lunes para evaluar los daños... Se puso el zapato que seguía tirado en el suelo y se aseguró de que todo estuviera bien colocado y en su sitio.

—¿Te vas a casa? —le preguntó Susana.

—¿Por qué?

—Por tu pie. Aunque no te duela mucho, debes hacer reposo —sugirió su amiga.

—Sí, es verdad. No quiero que por mi culpa te hagas más daño, Lucía. —Kay le dio la razón.

Lucía no pudo llevarles la contraria porque ya había mentido bastante por esos días... y también por el resto de su vida. ¿Es que se había vuelto loca ya del todo? Se sentía avergonzada por el ridículo que había acabado haciendo: el plan le había salido fatal y notaba un nudo en el estómago. Paró el primer taxi que pasó cerca de ellos y se despidió de Kay con dos besos en las mejillas y de Susana con la mano. Eric no era el único que se había enfadado con ella.

14

Definitivamente, se cruzó el gato negro

Volver a clase un lunes y que te encuentres con judías insípidas y pescado hervido para comer, deprime. Para Lucía, comerse aquellos platos se estaba convirtiendo en un auténtico infierno. No solo porque estaban malísimos, también porque desde que había empezado el día todo parecía ir del revés.

Primero había sido la presentación del trabajo de sociales delante de toda la clase. Quizá para no tener que leérselo entero, la Esfinge había sorprendido a los alumnos pidiéndoles que se pusieran en pie y resumieran lo que habían aprendido. Para variar, Frida no tuvo problemas en enrollarse con su explicación sobre los bárbaros y la caída del Imperio romano. También Toni encontró su propia voz interior. Incluso Marisa consiguió quedar bien enseñando los gráficos que habían hecho con Excel. Para cuando llegó el turno de Lucía, Kay y Susana ya habían expuesto casi todos los apartados de su trabajo y ella se quedó sin saber qué decir del legado romano.

—Venga, acaba, que tenemos que planear lo de la publicidad del rastrillo. Ahora que Marisa hace su fiesta, necesitamos llamar la atención de mucha mucha gente como sea. —Frida la despertó de su ensimismamiento.

—Es que este pescado parece chicle —se quejó, removiendo con el tenedor.

—En eso te doy la razón, tía. El chicle está hecho con plástico y este pescado es puro plástico —soltó Raquel.

—¿El chicle es plástico? ¡Pero si está riquísimo! —le preguntó Bea arrugando la nariz.

—Sí, antes se hacía con la savia de un árbol, pero hace ya tiempo que no. Sabe bien por los saborizantes y edulcorantes.

—¡Qué asco!

Bea negó con la cabeza. Lucía no se acostumbraba a oír a Raquel hablar así. Se le olvidaba que esa amiga suya era una flipada de los documentales de *National Geographic*, de los *Callejeros Viajeros* y de los reportajes en general. ¿Había cosa más rara? Era una suerte que se hubieran conocido hacía unos meses gracias al concurso de *Bravo*, porque le caía genial, igual que Susana. Aunque llevaran unos días algo complicados. Instintivamente, Lucía dirigió sus ojos a Susana, que al cruzarse con los suyos los apartó rápidamente: seguía enfadada.

Hizo un último esfuerzo y se comió el trozo de pescado que le quedaba y la mandarina pocha que le habían puesto de postre.

—¡Aleluya! ¡Milagro!

Frida se puso en pie con un impulso y recogió su propia bandeja vacía.

Estaban a punto de salir por la puerta del comedor cuando se cruzaron con Eric y Jaime. Los dos estaban charlando en la puerta esperando a los amigos que seguían dentro. Lucía se separó un momento de sus amigas para hablar con él. Por la mañana no se habían visto y entre clases tampoco, algo de lo más extraño desde que habían empezado a salir juntos. Frida le hizo un gesto con la mano señalando el reloj para que se diera prisa.

—Hola, Eric.

Él no se separó de Jaime como otras veces para hablar con Lucía, se quedó en la misma posición apoyado en la pared.

—¿Qué hay? —le preguntó bastante seco.

—¿Te vas a jugar al fútbol?

—No, no creo.

Se hizo un silencio entre los dos que ninguno sabía cómo llenar. Definitivamente, Eric estaba muy enfadado con ella.

—Yo estoy preparando un rastrillo...

Lucía se entretuvo unos segundos en contarle el plan para recaudar fondos para el campamento. Pero Eric no hizo nada más que asentir con la cabeza y enarcar las cejas de vez en cuando. Aquello iba fatal... Se fijó en que al menos seguía llevando la pulsera que le regaló, eso era buena señal. Ella también llevaba su collar y lo cogió con los dedos para demostrárselo.

Aunque no creía que Eric lo viera siquiera: unos chicos salieron del comedor llamando su atención y él levantó el brazo para saludarlos. Le dio una colleja a uno y cogió del cuello a otro. Después se dio media vuelta y se alejó de Lucía diciéndole adiós sin más.

Con una sensación terrible, Lucía se dirigió hacia el olivo en el que la esperaban sus amigas. Nada más verla llegar, supieron que algo no iba bien.

—¿Te encuentras mal? —le preguntó Bea poniéndole la mano en la frente para comprobar si tenía fiebre.

—No, estoy bien.

No podía contarles nada porque no les había hablado de los líos con Kay. Solo lo sabía Susana y ella no le hablaba.

—¿Eric te ha dicho ya cuánto te quiere? —bromeó Raquel dándole un codazo.

—No, de momento, no.

Lucía miraba al suelo intentando entender qué le estaba pasando. Si el que le gustaba era Kay, ¿por qué entonces le sentaba así de mal que Eric pasara de ella? ¿Le podían gustar dos chicos a la vez por igual? ¡Qué lío!

—¿Y tú qué, Raquel? ¿Bien con Jaime el sábado? —preguntó Susana de repente.

Al mirarla, Lucía se fijó en que su amiga le guiñaba un ojo. Parecía que, después de todo, le estaba echando un cable desviando la atención de las demás.

—Síííííí, tíaaaaaa. Es monísimo. Pero yo creo que me ve como una jirafa.

—¡Eso son tonterías! —soltó Frida—. Os pasasteis la tarde a lo vuestro. Será por algo.

—Porque le caigo bien. Me paso el día soltando burradas...

—Deja de menospreciarte. Yo también creo que le gustas —dijo Susana.

—Yo también. —Bea se añadió.

—Y yo. —Y también Lucía.

Raquel acabó dándoles la razón a regañadientes y les recordó que debían hablar de la promoción del rastrillo. ¿Qué opciones tenían? Ya habían creado el evento en Tuenti, que había fracasado estrepitosamente gracias a la sibilina maniobra de Marisa.

—Los clásicos carteles son una posible solución —sugirió Bea, y todas estuvieron de acuerdo.

—¿Anuncios en periódicos y revistas? —preguntó Raquel.

—¿Anuncios en radio? —Susana la siguió.

—Estos dos últimos no serán gratis —les recordó Lucía.

—Mi hermano Aitor tiene un amigo en la radio, se lo voy a preguntar.

Susana sacó el móvil y todas se quedaron observando cómo tecleaba en su Blackberry. Sonreía y de vez en cuando decía:

—Payaso.

Al cabo de unos minutos guardó el teléfono y anunció lo que acababa de conseguir:

—No hay problema. Lo grabamos con él y nos lo colará en el programa.

—¡Eso sería perfecto! —exclamó Lucía.

Las dos amigas se miraron y se sonrieron por primera vez en varios días.

—¿De qué es el programa? —preguntó Frida.

—De rock, por supuesto.

—Entonces si vemos a un montón de melenudos comprando nuestros trastos viejos ya sabemos de dónde han salido.

—Yo no soy melenuda... —Susana señaló su corte de pelo a lo *garçon*.

—No te hace falta, ya eres una heavy en toda regla.

Susana alargó la mano para soltarle la goma de la coleta. Los pelos alborotados de Frida cayeron en cascada y Susana aprovechó para despeinárselos más.

—Ahora tú también eres una melenuda.

—¡Dame la goma, leñe!

Frida saltó sobre Susana y no paró hasta recuperar su goma. Se recogió la melena y volvió a hacerse su cola de caballo bien tirante.

—Un poco de seriedad, por favor —dijo aclarándose la voz.

Todas estaban tiradas en el suelo riéndose sin parar. Para cuando sonó el timbre, Lucía se sentía algo mejor: parecía que el día todavía podía corregirse un poco. Antes de entrar en clase cogió del brazo a Susana para quedarse a solas con ella en el pasillo; Frida no se dio cuenta y enseguida estaba dentro sentada a su mesa.

—Perdona por lo de ayer —se disculpó Lucía.

—¿Te gusta Kay? —le preguntó Susana con voz pacificadora.

—No lo sé. Estoy confusa...

—Pero tienes a Eric.

—Ya lo sé. No sé qué me pasa.

—Pues tendrás que aclararte. Supongo que Eric estará molesto.

—No quiere ni hablarme.

—¿Te sigue gustando él también?

—Creo que sí. Cuando me lo he cruzado antes me he sentido fatal... ¿A ti te gusta Kay? —le preguntó también Lucía directamente.

—No lo sé... Parece demasiado bueno.

—Vaya dos...

—Ya verás como pronto descubres quién te gusta de verdad —trató de tranquilizarla Susana.

Por el pasillo se aproximaba el profesor de matemáticas con su carpeta debajo del brazo. Al ver al Papudo, Lucía agachó la cabeza y entró en clase, resignada, antes de que le llamara la atención. Todo el mundo sabía que, justo cuando las cosas parecían ir fatal, se demostraba que podían ponerse todavía peor... No quería comprobarlo una vez más. Por lo menos, había hecho las paces con su amiga.

15

Entrevista perruna

Mientras subían en el ascensor sin espejo, Lucía y Frida se retocaban mutuamente. Lucía le colocó un par de pelos sueltos en la coleta a Frida y la otra le desenredó los pendientes triple aro.

—¿Algo en los dientes? —preguntó Frida pasándose la lengua y enseñándoselos.

—No. ¿Y yo? —preguntó ella repitiendo la misma acción.

Como iban directamente desde el colegio, no les había dado tiempo a pasar por casa para cambiarse el uniforme, así que se sacudieron los posibles restos de arena de la falda de tablas y se limpiaron los zapatos de color azul marino con un pañuelo. Tenían que dar una buena impresión: iban a ver a la dueña de los perros que le pagaría buena parte del campamento de verano a Frida.

Vivía en el ático de un edificio antiguo, pero que se veía lujoso ya desde fuera: estaba situado en una de las mejores zonas de Barcelona. ¡Tenía portero y todo! Así que para cuando el ascensor llegó al final del trayecto, ya habían terminado de arreglarse.

—¿Preparada? —le preguntó Lucía.

Frida expulsó aire sonoramente, inclinó la cabeza a un lado y al otro como si estuviera calentando para un partido de vóley, y respondió:

—¡Preparada!

Pulsaron el timbre y sonó un «ding dong» de lo más desafinado. Al momento, una mujer de mediana edad con un uniforme oscuro apareció dedicándoles un gesto rígido.

—Hola —saludaron titubeantes las dos amigas a la vez.

—¿Qué desean?

—Venimos a ver a la señora Bosco por lo de la entrevista. —Frida habló decidida.

—Pasen y esperen aquí.

La mujer las acompañó a un recibidor que olía a naftalina y después desapareció tras una puerta corredera. Sobre una cómoda de madera de nogal destacaba una lámpara con una campana amarillenta, y las paredes estaban forradas de papel con estampados florales. Lucía y Frida lo miraban todo arrugando la nariz. Tomaron asiento en unas sillas austeras que estaban apoyadas en la pared y al hacerlo una capa de polvo saltó hacia ellas haciéndolas toser.

—Ya pueden pasar —anunció la señora de uniforme, personándose en el umbral de la puerta corredera.

Lucía y Frida se pusieron de pie otra vez y siguieron a la mujer hacia el interior de una sala inmensa. Cuadros preciosos decoraban las paredes, y al fondo descansaba un piano de cola. Un sillón y una butaca se colocaban justo de cara a él. Cuando se fijó un poco mejor Lucía se dio cuenta de que en la butaca se sentaba una señora muy menuda con una taza de té en sus manos.

—¿Frida? —preguntó la mujer sin moverse del sitio, pero con la voz fuerte.

—Esa soy yo. Ella es Lucía, una amiga que me ayudará con el paseo.

Lucía la miró entrecerrando los ojos, pero prefirió aclarar más tarde con su amiga que ese no era el trato: en principio, solo iba a acompañarla a la entrevista para infundirle ánimos. Ella prefería mantenerse alejada de los perros, le daban respeto, por no llamarlo directamente pánico atroz. La culpa la tenía su madre, que huía hasta de las gallinas y le había transmitido el miedo. Como consecuencia, cada vez que Lucía se cruzaba con un perro, se alejaba varios metros por si acaso.

—Encantada.

—Perdona, cariño, pero como no hables más alto no nos vamos a entender.

—¡He dicho que encantada! —exclamó Lucía alzando la voz y entonces su oyente asintió satisfecha.

—Muy bien. Pasad, pasad y sentaos.

Aída Bosco colocó con manos temblorosas la taza con el platito en una mesa baja de centro, de marfil, cobre y cristal, que estaba justo delante. Las dos chicas caminaron hacia el sillón y se sentaron juntas, en la parte más próxima a donde estaba la señora.

—Primero os haré unas preguntas y después os presentaré a mis chicos.

Lucía se puso rígida y Aída debió de percatarse, porque la miró con ojos severos. Pese a que su cuerpo diminuto parecía algo frágil, cuando aquella mujer miraba era como si intentara mover las cosas con sus pupilas, como uno de esos seres con poderes telepáticos que salen en las películas. Tenía el cabello completamente blanco y el rostro con algunas arrugas, tampoco muchísimas. De su oreja sobresalía un audífono: su voz era más potente que la de su madre incluso.

—¿Estás bien, cariño? Me ha parecido que te pasaba algo.

Tragó saliva antes de responder:

—Sí, no se preocupe. Es que...

Frida le dio un disimulado golpe con el zapato por debajo de la mesa de centro y ella la miró sin comprender. ¿De verdad tenía que callarse su aversión a los perros?

—¿Es que...? —insistía la anciana.

Bajo los ojos sostenidos de su amiga, Lucía comprendió que debía inventarse algo rápidamente, pero mentir se le daba fatal. Se miró las manos, que habían empezado a enredarse entre ellas.

—Es que me he acordado de algo.

La señora la miró con la boca todavía torcida, como si no acabara de creerla, pero puso fin al interrogatorio. Comenzó una explicación bastante detallada mientras se recostaba en su butaca y apoyaba la barbilla en la mano en una expresión solemne.

—Para mí lo más importante de este mundo ahora son mis perros. Me he convertido en una mujer solitaria: mi marido falleció hace veinte años, mi hijo tiene su vida y poco tiempo para su madre, los amigos están como yo y bastante tienen con lo suyo. Por tanto, lo único que me queda son mis perros. Y nunca jamás los dejaría en manos de alguien que no sienta el mismo amor por ellos que yo misma. Eso es lo único que pido a la persona que se encargue de pasearlos.

Frida miró a Lucía y después las dos miraron a la señora asintiendo para demostrar que la comprendían.

—Dicho esto, creo que es bueno que hagáis la tarea las dos juntas, porque para una sola sería demasiado y no me quedaría tranquila.

—Claro, no hay problema —respondió Frida, y después se dirigió a Lucía con los ojos muy abiertos, animándola a confirmarlo ella misma.

La mujer recuperó su taza de té para seguir bebiendo sorbito tras sorbito mientras evaluaba silenciosa la situación.

—Sssí... sssí, haremos el trabajo las dos —respondió siseando Lucía.

Ya solo pensaba en cuánto deseaba que acabara la conversación para salir de aquella casa lo antes posible y echarle la bronca a su amiga por haberla metido en aquel lío.

Tras un silencio en el que únicamente se oía el reloj de cuco que había colgado en la pared, y que a Lucía le pareció eterno, la mujer consintió al fin.

—Está bien. —Y después, mirando hacia la puerta corredera, gritó—: ¡Yocasta!

Al instante, la mujer de uniforme oscuro se personó en la sala.

—Por favor, trae a mis chicos —pidió la señora Aída Bosco.

Lucía volvió a pegar un brinco en el sofá: aquello significaba que estaba a punto de conocer a los mejores amigos de la señora, y no le hacía ni pizca de gracia.

—¿Ahora te entra hipo? —le preguntó Frida para disimular ante la mirada escrutadora de la anciana.

—Sí, ha debido de entrarme aire...

—Trae también un vaso con agua —añadió Aída Bosco mirando a Yocasta.

La mujer de uniforme desapareció y Lucía se removió en el sillón. Comenzó a enredar sus dedos más todavía entre sí: no sabía ni dónde meterse para evitar a los perros que estaban a punto de llegar. Frida le acarició la espalda para relajarla, pero ella miraba a un lado y al otro ansiosa: aquella mujer se daría cuenta enseguida de que aborrecía a los perros y entonces perderían el trabajo que tan bien les iba a venir.

La puerta corredera se abrió un poco. Lucía apoyó la mano en la rodilla de Frida y comenzó a clavarle los dedos. A través de la rendija primero asomó un hocico marrón oscuro y después un pelaje largo de distintos tonos. Al instante, un perro muy peludo se abrió paso por la sala. Detrás de él iban dos más: uno más pequeño, blanco con manchas negras, y otro mediano de color canela algo despeluchado. Yocasta se quedó atrás y el más grande le pegó tal empujón que por poco la tira al suelo. Lucía tuvo que evitar un grito y también la posibilidad de subirse al sofá de un salto. A cambio, clavaba más profundamente sus dedos en la rodilla de

Frida, que observaba la situación divertida. Al final le arrancó, literalmente, la mano de su rodilla susurrándole al oído:

—Por tu culpa no voy a poder ponerme pantalón corto en todo el verano.

El revuelo de los perros mantenía a la señora de la casa fascinada, que de pronto anunció:

—¡Estos son mis chicos!

Hasta ese momento no suavizó el gesto, y se dejó atrapar por los perros, que comenzaron a darle besos en las manos y a acariciarla con la cabeza. El más pequeño movía tanto la cola que incluso se le torcía parte del cuerpo. Sonriendo ampliamente, comenzó a presentarlos uno a uno: el jack russell se llamaba Rayo porque era más rápido que los otros; el pastor alemán era Álex, porque su expresión le recordaba mucho a un viejo amigo que se llamaba así, y el de color canela se lo encontró varios años atrás abandonado en pleno invierno y por eso le llamó Nieve.

Tras la presentación, la mujer miraba a las chicas con la cabeza inclinada, como esperando algo, y, hasta que Frida no habló, Lucía no comprendió el qué.

—Rayo, Álex y Nieve, encantada —dijo, y Lucía la imitó, aunque aquello le parecía surrealista.

Los perros, como si comprendieran lo que estaba sucediendo, se adelantaron ha-

cia donde estaban ellas sentadas y fueron directos a Frida, que comenzó a acariciarlos encantada. También les daba besos en las orejas y en la cabeza. Lucía sentía auténtico pánico y le estaba costando horrores no dejarse llevar por él. Debía de haberse quedado pálida.

—Bébete el agua, a ver si así te encuentras mejor. ¿Quieres unas magdalenas? —le preguntó la señora Bosco.

Negó con la cabeza, pero aceptó el vaso de agua que Yocasta le tendía. Mientras bebía, de reojo veía como los perros se restregaban contra las piernas de Frida. Ella tenía las piernas tan recogidas como podía. Esperaba que la señora no lo notara, pero la esperanza duró poco:

—Lucía, saluda a mis chicos. No seas maleducada.

Lucía se sentía al borde de un precipicio. Si no hacía nada, perderían el trabajo. Si lo hacía, corría el riesgo de coger la rabia o cualquier otra cosa que pudiera contagiarle un perro. Se tiró la melena para atrás sacudiendo la cabeza. Alargó el brazo un poco y, antes de que pudiera ser ella la que saludara a algún perro, el de color canela, Nieve, se volvió hacia ella y le dio un lametazo en la mano. Su primera reacción fue sobresaltarse, pero después se dio cuenta de lo suave que era el pelaje de Nieve, y se permitió acariciarle un poco el lomo. Tenía una cara de lo más graciosa: los pelos del cuello le sobresalían como si se los hubieran planchado con unas tenazas, y con la boca abierta parecía que estuviera sonriéndole. Poco a poco empezó a acariciarle también detrás de las orejas y, cuando Nieve se le puso de patas sobre sus rodillas, también le rascó el cuello. Desde luego, no le pareció que tuviera que tener miedo de nada. Al menos, de momento.

—Perfecto —anunció la señora de la casa como dando su visto bueno—. ¿Empezáis hoy mismo?

Frida asintió poniéndose en pie y Lucía la siguió, todavía algo insegura: había hecho buenas migas con Nieve, pero todavía le quedaban Álex y Rayo. Y Álex era como grande... Yocasta les entregó las correas y después de colocárselas, Frida salió de la sala como si estuviera en su casa, diciendo adiós con la mano a la señora Bosco, que permaneció en su butaca sin apartar la mirada de ellas: las estaba vigilando claramente.

Yocasta las acompañó hasta la puerta y después la cerró sin decir ni adiós. Lucía miraba de reojo a los perros.

—Estás loca.

—¿Por qué?

Frida llevaba las tres correas bien tensas mientras entraban otra vez en el ascensor, donde la escasez de espacio la obligaba a estar pegada a los chuchos que se removían inquietos. Cuando Álex dio un ladrido lleno de babas, Lucía por poco da al botón de emergencia para salir de allí aunque fuera por el techo. Pero Frida la convenció de que no pasaba nada.

—Te dije que te acompañaba a la entrevista, no al paseo.

¿Tienes algo mejor que hacer?

—¿Tengo que enumerarte todos los deberes que hay para mañana? Por no hablar del pánico que tenía a los perros...

—Tú lo has dicho, tenías...

Frida la miró con la cabeza inclinada haciendo un falso puchero.

—Anda, déjame la correa de Nieve —concedió Lucía.

Frida la abrazó apretujándola contra ella. Aquello, sabiendo que su amiga era poco dada a los arrumacos, acabó por darle las fuerzas que necesitaba. Se agachó para acariciar a Nieve y en ese momento Álex se volvió hacia ella. No le dio tiempo a asustarse, pues el pastor aprovechó la cercanía para darle un lametazo que abarcó de la barbilla a la frente.

—Ahora seguro que tienes la cara perfecta.

Frida se partía de risa, mientras que ella no sabía si imitarla o llorar: ¡era asqueroso! La relación de Lucía con el mundo perruno solo acababa de empezar.

De: Marta (lapoetisamarta@hotmail.com)

Para: Lucía (let'sdance@hotmail.com), Frida (arribaFrida@hotmail.com) y Bea (doremi@hotmail.com)

Asunto: La reina de las tartas

Adjunto: sacher-corazones.jpg

¡Chicas!

No os lo vais a creer, pero el éxito de mis tartas es incuestionable. La página de Süße Snacks tiene ya más de 200 «me gusta». Además, he inventado un método para que enviarlas me salga gratis: resulta que el hijo de mi vecino del bajo, Hahn, trabaja para un servicio de mensajería y dice que me cuela los pedidos sin problema. ¿No es maravilloso? Aquí va una de mis últimas creaciones:

Besosssss,

ZR4E

16

Las Pitiminís contraatacan

La música que el Chorreras había puesto ese martes por la mañana para presentar los distintos instrumentos de viento era soporífera. Lucía tenía la mejilla apoyada sobre su mano con el codo clavado en la mesa. Mantener los ojos abiertos estaba siendo un suplicio para ella. La culpa de que estuviera tan cansada la tenían Frida y los perros de la señora Bosco. Llegó tarde a casa y acabó todavía más tarde de hacer los deberes.

Notaba que los párpados se le caían irremediablemente... Optó por coger el móvil y conectarse a WhatsApp. Allí estaba el número de Eric, y al seleccionarlo comprobó que en ese momento estaba conectado también. Estuvo a punto de enviarle un mensaje aprovechando la circunstancia, pero recordó lo mal que había ido su último encuentro y decidió que lo mejor sería hablar con él cara a cara.

Así que, en vez de eso, abrió el grupo que compartía con sus amigas:

Qants instrmnts d cuerda hay en el ?????

Mjor musik q circuitos lctrics, soltó Bea.

Y n otro idioma?, las sorprendió Marta también conectada.

Parecía que en los colegios alemanes vigilaban más a sus alumnos y no solía conectarse en horas de clase.

Cm tu x aki?????, preguntó Frida.

Oy ems exo dsknso ants

Xiks, akba d scribirm mi ermano, escribió Susana de pronto.

Rakel tiene gym, las avisó Lucía.

Luego t lo contamos, añadió Frida.

Kereis ir l sbdo a la radio?, preguntó Susana.

Lucía dio un respingo en su asiento y levantó los ojos del móvil para asegurarse de que nadie la había visto. Se encontró con la mirada aviesa de Marisa, que la observaba desde su mesa. El profe estaba tan absorto en la música, con los ojos puestos en el techo, que no se enteraba de nada. A no ser que Marisa ejecutara uno de sus chivatazos estelares, y no sería la primera vez...

En un movimiento rápido, Lucía dejó el móvil en el cajón por si acaso. Pero Marisa la sorprendió sin hacer nada: sonrió perversa y volvió la mirada al frente. Sus brazos la delataron: era evidente que también ella estaba utilizando el teléfono. Lucía recuperó la conversación de WhatsApp que había abandonado.

Controlat, Lucía, q casi t pillan, la advirtió Frida.

A faltado poco, constató Lucía.

Ay q prparar anuncio radio, les recordó Susana.

Ke nvidia m dais 😟, dijo Marta.

Nvia ideas, scritora, le dijo Lucía, sabiendo que así su amiga participaría, aunque fuera en la distancia.

👍

Cuando sonó el timbre, el Chorreras había acabado de poner todos los CD que había llevado a clase. Se levantó de la mesa haciendo equilibrios con todos ellos y salió del aula. Kay se levantó y caminó hacia la mesa de Lucía mientras comentaba que no entendía por qué el profesor no llevaba toda su música en un iPod. Ella le explicó que era un purista: si osaba preguntárselo a él en persona, el Chorreras entraría en cólera y comenzaría a explicarle con mucho detalle la diferencia entre un sonido de CD y uno comprimido, como el de un mp3.

—¿Cómo tienes tu pie? —le preguntó el alemán.

Lucía frunció el ceño.

—Tu torcedura en el tobillo del domingo. ¿Se ha curado? —insistió él.

Instintivamente, Lucía se llevó la mano al pie y se lo acarició por encima de la media azul marino. ¡No se acordaba del espectáculo del domingo, qué vergüenza! Notó como el calor le subía por la cabeza hasta las orejas.

—Sí, ya está perfecto.

—Mejor.

Kay le guiñó un ojo y se despidió cuando Toni fue a buscarlo para llevárselo al recreo. Lucía se los quedó mirando incrédula: no entendía cómo esos dos podían haber hecho tan buenas migas con lo distintos que eran.

Estaba saliendo de la clase con Susana y Frida cuando se dio de frente con una imagen digna de pesadilla: Marisa, apoyada en la pared, hablaba con Eric, que quedaba de espaldas a ella; estaban en una esquina, a solas. Aunque no le veía la cara, Eric no parecía estar muy a disgusto. Hubiera dicho que incluso se lo estaba pasando en grande. Cayó en que quizá era a él a quien Marisa había estado escribiendo con el móvil durante la hora de música. Se quedó paralizada.

—¿Qué hacen esos dos? —preguntó Frida mirando a Lucía con cara de no entender nada.

—Pregúntaselo a ellos.

—Vale.

Frida fue a cumplir su palabra cuando Lucía la frenó cogiéndola de la mano.

—Déjalos, ellos sabrán.

Su amiga no sabía nada de lo que había pasado entre ella y Eric el domingo pasado, así que reconoció que tenía que compartirlo. Le explicó la versión oficial, no la que la dejaba como una tonta celosa.

—Eso es una chorrada. Explícale que Kay te estaba ayudando después de caerte.

—No es eso, es que no le dije que había quedado con él. Le mentí.

Lucía empezaba a notar el peso de la culpabilidad: también estaba mintiendo a una de sus mejores amigas. Para dársele mal lo estaba practicando demasiado a menudo... Llevaba unos días pasando completamente del reglamento de El Club de las Zapatillas Rojas, algo tenía que empezar a cambiar en su vida...

—Seguro que lo arreglan. —Susana intervino para frenar el interrogatorio, viendo la cara pálida que se le había quedado a Lucía.

Marisa la miraba con media sonrisa mientras escuchaba hablar a Eric. Lucía se fijó en como doblaba una rodilla y apoyaba el pie en la pared dejando medio muslo descubierto. Se quería morir. Si alguna vez había tenido algunas dudas de que Eric era quien más le gustaba, en ese momento de

pura rabia se le aclararon todas.

—¿Qué miras, pringada?

La voz insoportable de Sam, la amiga de Marisa, sonó muy cerca de ella, demasiado. Sam sacudió el pelo negrísimo y largo hasta la cintura y la miró con sus ojos rasgados y tan oscuros como su melena. Tenía algún origen asiático.

—¿Te han quitado a tu novio? —volvió a preguntar ante la mudez de Lucía.

—Qué más quisiera tu jefa —respondió Frida.

—Veo que estás mal informada...

Sam mascaba ruidosamente el chicle que llevaba en la boca.

—Tú qué sabrás —dijo Susana.

—Sé que Eric está libre.

Lucía fue a llevarle la contraria, pero no tenía ninguna prueba de que siguieran saliendo juntos. Así que optó por dar la espalda a

Sam y bajar las escaleras hacia el patio a toda prisa. Necesitaba aire fresco. Sus amigas la siguieron.

Susana le cogió la mano, Bea le dio un beso en la mejilla y Frida no dejó de criticar a Marisa y a su séquito. Como si con cada nuevo insulto la autoestima de Lucía pudiera crecer un poco. Aunque no lo resolvió del todo, un poco sí que ayudó. Sentada bajo el sol mañanero, con los ojos cerrados y recostada sobre el hombro de Raquel, Lucía sintió ganas de llorar, pero se las aguantó. Era consciente de que había hecho muchas cosas mal. Pero, como decía su padre, mejor tarde que nunca: ya era hora de empezar a arreglarlas.

Inicio Perfil Mensajes Gente Videos Buscar subir fotos

LUCÍA: Pueds ablar?

MARTA: Ja

LUCÍA: ???

MARTA: Si, n alman

LUCÍA: 

MARTA: Cuenta

LUCÍA: Tngo q contart 1 cosa

MARTA: Venga! Ke intriga...

LUCÍA: No t va a gustar

MARTA: Da igual

LUCÍA: S sobre Kay

MARTA: Ke a echo?

LUCÍA: Nada!

MARTA: ???

LUCÍA: Yo le e ido 1 poco dtras

LUCÍA: Pnsaba q m gustaba

LUCÍA: Xo me dado cuenta d ke no

LUCÍA: M gusta Eric y ahora no m abla

LUCÍA: Nfadada?

LUCÍA: Marta?

MARTA: Toy bien

LUCÍA: Seguro?

MARTA: Ja

LUCÍA: Risa o si?

MARTA: 2

LUCÍA: Sorry

MARTA: Tranki

LUCÍA: Amigas?

MARTA: ❤

LUCÍA: 💔

MARTA: Abla cn Eric

LUCÍA: Ja

MARTA: Risa o si?

LUCÍA: Lo 1º

MARTA: Ncontraras la manra

LUCÍA: ZR4E!

17

Canguro de lujo

—Ayer hice de canguro del vecino de Bea porque ella tenía que ensayar para una audición de violín —anunció Frida dando saltos de alegría en la puerta del colegio.

Esa mañana, Lucía llegaba arrastrando los pies y sin ganas de que empezara el miércoles, pero su amiga parecía haberse tomado tres cafés seguidos. A ella ni siquiera le gustaba el café con leche. Y con lo mal que había acabado el día anterior, se hubiera quedado durmiendo tan pancha unas cuantas horas más. Su madre no lo veía de esa manera y había acabado por hacerle cosquillas en los pies para conseguir que se desperezara. Eso no fallaba.

El día parecía acompañarla en su ánimo, o en su falta de él, a juzgar por los nubarrones que evitaban que la alcanzara el más leve rayo de sol. Incluso se oía algún trueno de lejos... No entendía por qué Frida estaba de tan buen humor.

—¿Por qué es eso tan divertido?

—Porque... —Dejó en medio unos segundos para alargar la tensión— ¡Me crucé con Marcos!

Frida le explicó que ella salía de la casa de Teo, el vecino de Bea, que era un auténtico terremoto de tres añitos: le había costado que se durmiera hasta poco antes de que llegaran los padres. Era justo la casa adosada pegada a la de Bea y, cuando ella salía por la puerta, Marcos llegaba con su mochila colgada al hombro y su gorra negra. ¡Estaba guapísimo! Volvía de la biblioteca porque tenía que preparar muchos exámenes: le quedaba menos de un mes para la selectividad.

—¿Te quedaste muda?

—No, conseguí pronunciar tres o cuatro frases seguidas.

Frida no paraba de dar saltos mientras avanzaban por el pasillo ya en el edificio de secundaria.

—Enhorabuena. Así ya no tendréis que hablar solo por Tuenti. También podéis hacerlo cara a cara.

—Y por teléfono.

Frida la miró de reojo y comenzó a dar palmaditas también. Lucía nunca la había visto así.

—¿Te ha dado su teléfono?

Su amiga le explicó que se había lanzado y le había pedido su número después de explicarle que Raquel iba a hacer el *stage* de vóley en Inglaterra, porque él también estaba pensando hacer uno de baloncesto y quizá ella sabría orientarle.

—Entonces ¿hablará con Raquel?

—¡Que no! ¡Yo le explicaré lo que me cuente Raquel!

Frida la empujó con la mano diciéndole que era una graciosilla: a ese paso les iba a quitar el puesto de cómicas del grupo a ella y a Raquel.

—Eso nunca. —Lucía le guiñó un ojo.

La mañana entre clase y clase pasó bastante lenta. Mrs. Dolloway les puso un examen de inglés para el viernes y Lucía tuvo que esconder rápidamente el dibujo poco favorecido que hizo de la profe cuando esta pasó por su lado antes de abandonar el aula. En el descanso hizo una foto con el móvil del dibujo y la subió al grupo de WhatsApp. A las chicas les gustó y la broma dio para que la siguiente clase, la de sociales, fuera un poco más amena.

Al ir a salir al recreo se encontraron con que estaba cayendo el diluvio universal. Las gotas chocaban contra los cristales como perdigones. El aula de estudio estaba libre en ese momento, así que aprovecharon y se metieron en ella para no mojarse. Tenían que pensar en ideas viables para el anuncio de radio que grabarían el sábado, o sea, en tres días. Y entre los paseos con los perros, los trabajos y los exámenes, la danza, las audiciones de violín y los entrenos de vóley... les iba a ser imposible quedar alguna tarde esa semana. Aitor, el hermano de Susana, las acompañaría hasta la emisora y les presentaría a su amigo el locutor. Todas sentían curiosidad por conocer al hermano de Susana.

—No todos los hermanos son un incordio.

Desde el día en que la conocieron, Susana les había explicado que ella y Aitor se llevaban a las mil maravillas.

—Sí, y los sapos tienen alas —respondió Raquel.

Cogieron cinco sillas y las pusieron alrededor de una de las mesas del aula. Marta les había enviado esa noche algunos apuntes para el anuncio basándose en los que escuchaba por la radio. Bea se había encargado de imprimirlos y hacer cuatro copias. Entregó una a cada una.

Lucía ojeó la suya:

¡RASTRILLO ESPECIAL!

IDEA 1: (MÚSICA ALEGRE, PERO FLOJA, SONIDOS DE PAJARITOS. DOS AMIGAS QUE QUEDAN UN SÁBADO POR LA MAÑANA...)

–¡Qué día tan bonito hace! Me apetece dar un paseo por un bonito jardín lleno de flores, ¿adónde podría ir? ??

–¿Qué día es hoy? ?

–Sábado. 3 de junio.

–¡Yo sé dónde! ! ! !

–Sorpréndeme, nena.

–A un rastrillo especial.

–¿Qué es eso?

–Un rastrillo es algo diferente que se hace en (poned la dirección, que no me acuerdo ☺) . Creo que puedes encontrar de todo y cosas que no te esperas.

–¿También flores de colores?

–¡Of course! Se celebra en un jardín precioso.

– Y a qué estamos esperando?

(SUBE LA MÚSICA Y FIN)

IDEA 2: (MÚSICA DE FONDO DE CENTRO COMERCIAL. DOS AMIGAS QUE SE ENCUENTRAN...)

–¡30 euros por un top! ¡Qué carísimo está todo! ! ! ! !

–Yo sé dónde podemos encontrar auténticas gangas...

–¡Habla! ¡O calla para siempre! (risas) JA JA JA JA JA!

–He oído que hacen un rastrillo, algo diferente el sábado 3 de junio.

–¿Dónde?

–En (aquí pondría el barrio ☺ ☺ ☺). Está bien anunciado.

–¿Y por qué es diferente?

–También he oído que además de ropa encuentras cosas sorprendentes...

–Pues paso de malgastar mi paga, ni que estuviera loca!

–Me apunto! ¡Esto es un robo!

(CAMBIA LA MÚSICA A LA CANCIÓN DE SHAKIRA "LOCA")

—Me encanta el segundo. —Frida fue la primera en hablar.

—Esta Marta es una poetisa... —dijo Bea.

Todas estuvieron de acuerdo en quedarse con la segunda posibilidad, pero surgió un inconveniente: Susana se negaba rotundamente a que sonara un tema de Shakira en un anuncio que tendría que escuchar su hermano, porque no podía ni verla.

—Nos va a mandar a la porra.

—Pues que no la escuche —soltó Frida.

—Va a estar allí, no le va a quedar otro remedio...

—Ay, por favor, yo no quiero que nos quedemos sin anuncio. Pensemos en otra canción —suplicó Bea.

—No creo que a Marta le importe —apuntó Lucía poniendo un poco de paz.

—Tampoco podemos cambiar lo que nos venga en gana de su guión, tías. ¿Eso no es ilegal o algo?

—No creo que vaya a denunciarnos... —dijo Susana.

—¡Venga ya! —Lucía se rió. Aquello se estaba saliendo de madre.

—Voy a preguntárselo —resolvió Frida cogiendo su móvil del bolsillo de la chaqueta.

Rápidamente escribió a su amiga por WhatsApp, y esperaron inquietas. Un trueno sonó fuera y todas pegaron un salto en sus sillas.

—Marta estará en clase —les recordó Lucía.

Frida tomó la palabra mientras guardaba el móvil:

—Está bien, haremos esto: pensemos en alternativas y si nos da el visto bueno la cambiamos. Si no, se queda Shakira y le compramos a tu hermano unos tapones para los oídos.

Todas estuvieron de acuerdo. Así que cada una propuso un tema distinto que pudiera pegar con el contexto que había creado Marta. Susana propuso uno muy clásico: «Crazy», de Aerosmith, para seguir con la idea de la locura. Pero solo lo conocía ella.

—Os falta cultura musical.

Raquel, más alternativa, planteó una canción en plan tribal que no tuvo mucho éxito; comenzó a golpetear las manos en las rodillas como si fueran bombos y las demás la miraban como si ya se le hubiera ido la cabeza del todo.

—¡Pero si es la bomba!

Cuando vio que su idea no cuajaba, acabó cediendo. Bea apuntó que era más importante la melodía que la letra, de la que no se enteraría nadie, y Lucía estuvo de acuerdo: tenía que ser algo pegadizo... Una propuso «One way or another», de One Direction, y la otra «Crush», de Selena Gómez, la ex novia de Justin Bieber. No hubo dudas: One Direction acabó llevándose los vítores de todas las chicas, grandes seguidoras del grupo británico que había empezado en el programa inglés Factor X y que con esa canción, además, perseguían una acción solidaria para el Red Nose Day, una especie de evento anual en el que participa gente de todo el mundo haciendo cosas divertidas con la intención de recaudar fondos para los menos favorecidos. Todas ellas habían hecho cola durante horas para entrar en una tienda 1D World que abrió durante quince días en la ciudad.

—¿No creéis que Jaime se parece un poco a Niall? —preguntó Raquel.

—Como no sea en la estatura... —respondió Frida.

—No te enteras... Los chicos tardan en crecer más que nosotras.

—Pues menos mal, porque si no tú y yo acabaríamos como las jirafas del zoo, rodeadas de esos monos enanos...

—¡Los titis! —respondió Raquel.

—Lo que tú digas, titi. —Frida le guiñó un ojo.

Todas comenzaron a reírse. Siempre que Raquel y Frida se ponían mano a mano, no había quien las parara. Lucía se apretaba la tripa con las manos de lo que le dolía, pero en ese momento se sentía de lo más feliz rodeada de sus amigas. Había tenido unos días tontos y se había distanciado un poco, pero después de haberse sincerado con Marta y estando en ese día lluvioso ahí juntas pasándolo en grande, veía que lo que más le importaba eran sus amigas. Y que estaba dispuesta a hacer cualquier cosa por ellas, como conseguir el dinero para el campamento de verano de Frida.

Para cuando sonó el timbre de regreso a clase, ya habían elegido los efectos de sonido que añadirían al anuncio propuesto por Marta, y también quiénes pondrían la voz de los dos personajes. En ese punto no hubo discusión: lo harían Frida y Raquel, no podían ser otras.

18
De dónde salen las chispas

Llegó el jueves. ¡Solo quedaba un día y algo para el fin la semana! La idea de ir el sábado a una emisora de radio entusiasmaba a Lucía, pero también la tenía un poco distraída de las clases. Como a todas. Le apetecía un montón ver cómo era el sitio donde se escondían los que daban voz a sus programas favoritos. Casi nunca la voz se correspondía con la cara que ella ponía a la gente. Le pasaba cada vez que llamaba algún amigo de su madre a casa y después tenía la oportunidad de conocerlo en persona.

A primera hora tocaba gimnasia. Se le ocurrió que hacía algunos días que no le enviaban ninguna foto a Marta, así que cuando se quedaron solas en los vestuarios, avisó a Frida y a Susana. Se pellizcó un poco sus pálidas mejillas y, una vez estuvieron bien colocadas las tres, se autohicieron una foto delante del espejo con el móvil. A pesar del polo azul nada favorecedor, no salieron mal del todo: la melena pelirroja de Lucía todavía no se había despeinado, y la cara de sueño quedaba disimulada. Susana aparecía haciendo el signo de «ok» con la mano derecha y sacando labios para enseñar el piercing. Frida fue la menos afortunada, porque se le cortó media frente.

Inicio Perfil Mensajes Gente Videos Buscar subir fotos

Buenos días, Marta!

5 ME GUSTA

RAQUEL: Ke pivons!

BEA: Preciosa s...

MARTA: Ese uni formeeee, ole, ole y ole!

LUCÍA: Lo exas d mnos?

MARTA: Os exo d mnos a vosotras!

Dos segundos después, la foto ya estaba cargada en su perfil de Tuenti con el título «¡Buenos días, Marta!». Parecía que su conexión 3G estaba a tope ese día. Dos segundos después, ya estaban los comentarios de Raquel y Bea, cada una desde su clase.

Lucía guardó el móvil en su bolsa de deporte y abandonó los vestuarios dispuesta a ponerse en forma.

Después de dar varias vueltas a la pista corriendo y de saltar plintos cada vez más altos, llegó la hora de tecnología. Por suerte, ese día había taller. Así que, ya con el uniforme puesto, pasaron por clase para recoger el libro y bajaron otra vez las escaleras hacia la planta de abajo del mismo edificio. ¡Cuánto trajín!

—¿Creéis que para el anuncio tengo que poner una voz enérgica o más bien cursi?

Frida repetía una frase del guión con distintas modulaciones para probar.

—Cursi no, no será un rastrillo cursi, ¿verdad? —se aseguró Susana.

—¡Claro que no!

Lucía le dio un golpe con el culo y siguió caminando como si nada. Sin embargo, era consciente de que todavía no tenía claro cómo sería el rastrillo. Sabía que debía ser diferente a todos los demás rastrillos típicos que había visto en la ciudad, pero no se le había ocurrido cómo conseguirlo. Estaba esperando a que le llegara la inspiración.

—Será un rastrillo diferente, ya lo habéis leído en el guión de Marta.

Sus amigas la chincharon llamándola mafiosilla por mantener tanto el misterio y le preguntaron si su idea era tan supersecreta que no quería compartirla con ellas.

—Eso sería tráfico de influencias.

No era más que una frase que habían oído en las noticias últimamente y que tampoco sabían qué significaba, pero no importaba porque quedaba bien.

—Pues nada, ya nos informará su señoría a su debido tiempo —dijo Frida.

—De momento, centrémonos en el anuncio.

—¿Qué anuncio?

La cabeza de Marisa apareció entre ellas ya en la puerta del taller de tecno. Justo detrás, Sam las observaba mascando un chicle y con sonrisa maliciosa. Lucía dedujo que esa chica debía de acabar cada día con unas agujetas terribles en la mandíbula.

—No te importa —respondió Susana.

—¿No será por el rastrillo ese cutre que estáis montando?

—De cutre, nada. Tu fiesta a su lado será una caca —intervino Frida.

—¡Qué más quisieras! Va a venir toda la clase, ¿no lo habéis visto? Mis padres están fuera y he decidido celebrarlo a lo grande. Es una lástima que no podáis venir...

Marisa hizo un puchero totalmente falso.

—¿Tanto te aburres con ella —dijo Frida señalando a Sam— que quieres que vayamos a tu fiesta?

Sam fue a abrir la boca, pero Marisa la frenó levantando la mano.

—Es que me dais pena con vuestros chanchullos infantiles.

—Sí, eso, chanchullos infantiles —repitió Sam y Marisa la miró apretando la boca.

Sam bajó la mirada para fijarla en sus pies: tenía uno plantado en el suelo y lo pisaba con el otro.

—Te los vas a ensuciar —la avisó Susana señalándole los zapatos azules llenos de polvo.

Sam dejó de pisarse los zapatos inmediatamente. Se quedó mirando a Susana con expresión chulesca y explotó un nuevo globo de su chicle que le tapó la nariz entera.

—Déjala en paz —se metió Marisa.

—No, déjanos tú en paz. Y de paso deja al novio de otra también en paz —contestó Frida refiriéndose a Eric.

Marisa soltó una carcajada antes de responder:

—Ninguna de vosotras sale ya con Eric.

—Ni tú —contestó Susana.

Lucía se había quedado callada porque no sabía cómo manejar esa situación. En su cabeza se repetía la imagen de Marisa y Eric hablando en el pasillo tan contentos. ¿Habría pasado algo entre ellos?

—Vete a la mierda —soltó Marisa.

Lucía se tomó esa reacción visiblemente molesta como una muestra de que el plan de la Pitiminí con Eric no había salido como ella esperaba. ¡Bien!

—¡Esa boca!

El Chispas, el profe de tecnología, acababa de llegar a la puerta de la clase y miró a Marisa con sus ojos abultados. El tic nervioso le delató haciéndole guiñar el ojo derecho repetidamente. Al darse cuenta, se metió en clase volando.

—Parece que ya tienes nuevo novio. ¡Que te aproveche!

Frida entró en clase también, dejando a Marisa con la palabra en la boca. Lucía pasó por delante de ella seguida de Susana, con media sonrisa, y todas se encaminaron hacia la última fila. Justo en el asiento delante de Lucía tomó posición Kay, que la saludó sonriente antes de sentarse. Ella le devolvió el saludo comedida y después miró a Susana como pidiéndole permiso. Su amiga le sonrió, demostrándole que entre ellas ya no había ninguna tensión.

—Hoy vamos a montar un módulo eléctrico. Por parejas —introdujo el Chispas sin andarse por las ramas—. El de la fila de delante con el de la fila de atrás.

Lucía resopló echando la cabeza para atrás: no le apetecía nada hacer el trabajo con Kay después de todo lo que había pasado. Pero el alemán no parecía tener ningún inconveniente; se dio la vuelta dispuesto a pasar esa hora montando un módulo eléctrico con ella. De estranjis, Lucía cogió su móvil y le envió un whatsapp a Susana:

Lucía observó a Susana sorprendida y la otra enarcó las cejas y se encogió de hombros antes de volver a su compañero de trabajo, que no era otro que Toni. Pobrecilla, le iba a tocar hacer todo el módulo a ella sola.

—¿Preparada?

Kay la observaba expectante. Pero sus ojos azules ya no tenían el mismo efecto sobre ella, y a pesar de lo cerca que estaban y de los roces involuntarios de sus manos mientras preparaban el módulo eléctrico que les iba explicando el profe, Lucía no sintió ninguna chispa. El único que le provocaba eso era Eric: no había duda de que debía hacer algo para recuperarlo.

19

¡Eso sí que no me lo esperaba!

Una montaña de camisetas crecía por momentos encima de la cama mientras, de fondo, sonaba «I knew you were trouble», de Taylor Swift. Lucía se miraba en el espejo de cuerpo entero: llevaba unos leggins y una camiseta de tirantes debajo de una cazadora tejana cortita con las mangas remangadas hasta el codo. Iba descalza, los zapatos vendrían después, aunque ya tenía claro los que se pondría. Hacía ya bastantes días que no utilizaba las zapatillas rojas que le habían regalado por Navidad y que eran iguales a las de las demás componentes del club. Aquel era el momento perfecto para volver a hacerlo: la grabación del anuncio y la organización del rastrillo no dejaban de ser una nueva misión de El Club de las Zapatillas Rojas.

—¿Te has quedado sorda ya?

Su madre abrió la puerta de golpe y se la encontró delante del espejo, mirándose cómo le quedaba la ropa por la parte de atrás.

—Mamá, ¿cuántas veces te he dicho que llames antes de entrar?

—Lo he hecho.

—Mentira.

—Sí, pero no has debido oírlo.

María señaló el equipo de música. Lucía resopló, fue a la cómoda y dio vueltas a la rueda del volumen hasta que apenas se oía la canción. Después estiró la boca en una sonrisa forzada e inclinó la cabeza hacia su madre.

—Mucho mejor.

Pero María se la quedó mirando con los ojos entrecerrados sin moverse del sitio.

—¿Algo más?

—Sabes que en la radio no se va a ver tu modelito, ¿verdad?

Lucía puso los ojos en blanco y dio la espalda a su madre, sin responderle siquiera, y continuó con lo que estaba haciendo: sacó otros leggins del armario porque esa camiseta quedaría mejor con unos que imitaran la tela tejana.

—¿Ya has quedado con tu padre?

—Sí, iré directamente a su casa desde la emisora. El bus me deja al lado.

Los fines de semana en casa de su padre normalmente empezaban el viernes y terminaban el domingo, pero esa vez se quedaría hasta el lunes porque la noche del viernes la había pasado con su madre. Habían celebrado el aniversario de su boda con José María los tres juntos, de punta en blanco, en un restaurante de lo más elegante: junto al plato, Lucía se había encontrado con tropecientos cubiertos y había tenido que preguntar qué tocaba para cada cosa porque solo conocía el cuchillo del pescado. Con el postre les había dado su regalo, una pintura con acuarela de los dos juntos que había copiado de una foto de la boda. A su madre por poco se le saltaron las lágrimas, con lo que ella era...

Lucía miró a su madre, que permanecía en la puerta sin llegar a marcharse. Esperó paciente a que reuniera el valor para preguntarle lo que estaba deseando desde hacía un rato.

—¿Lorena empieza a tener antojos?

Lucía sonrió mientras continuaba vistiéndose.

—La última vez que dormí allí obligó a papá a ir al Opencor a comprar aceitunas rellenas a las tres de la mañana.

Su madre no pudo ocultar una mueca maliciosa antes de cerrar la puerta. No era que no soportara a Lorena, pero tampoco le encantaba que pasara tanto tiempo con Lucía: ella era más joven y moderna y, aunque nunca lo reconocería, eso la ponía un poco nerviosa. Así que Lucía intentaba complacerla de vez en cuando. Al fin y al cabo, madre no hay más que una...

Su móvil pitó debajo de la montaña de ropa y Lucía se lanzó sobre la cama tirando vestidos y tejanos al suelo para encontrarlo. Era un whatsapp de Frida dirigido a Bea y a ella:

Kdams n la skina d siempre?

Al instante Bea respondió:

Tas ok?

Tngo ke contaros 1 cosa

Ok! , respondió Lucía intrigada.

Puntual! , se despidió Frida.

Lucía se miró el reloj: tenía media hora para acabar de vestirse y llegar a tiempo a donde había quedado con las chicas. ¿Qué sería lo que Frida tenía que contarles?

Se cambió los leggins, se aplastó el pelo con las manos, se puso un poco de colorete y gloss en los labios y salió de la habitación dando un portazo. Esperaba que nadie entrara en todo el fin de semana porque no había tenido tiempo de guardar la ropa que había dejado tirada. Le dio un beso a su madre y a José María antes de salir del piso como si fuera el diablo de Tasmania.

Para no perder la costumbre, a pesar de la carrera que se pegó, al llegar al punto de encuentro, Bea y Frida ya estaban esperándola. Enseguida se fijó en que, sin necesidad de avisarse, las tres habían coincidido en ponerse las zapatillas rojas del club. Y es que entre ellas muchas veces sobraban las palabras.

Lucía llegó dando un salto para sorprenderlas. Fue a proponer hacerse una foto de las tres juntas para enviársela a Marta cuando de pronto reparó en la palidez de Frida: parecía que le había dado un soponcio.

—¿Qué te pasa?

—Marcos tiene novia.

—¿Cómo?

—Que Marcos tiene novia. Esta mañana ha colgado varias fotos en Tuenti de una chica con la que sale en actitud bastante cariñosa.

—Eso sí que no me lo esperaba.

Lucía miró a Bea, que negaba con la cabeza.

—¿Tú sabías algo?

—¡No, que va! Ni siquiera lo tengo en Tuenti. Pero siempre os he advertido de que mi hermano es un idiota.

—No lo entiendo...

Frida se pasaba las manos por la cara angustiada. A Lucía se le rompía el corazón al ver a su amiga tan triste. Hacía unos días daba saltos de alegría porque Marcos le había dado su número de teléfono... Había algo que no cuadraba.

—Pero ¿le da besos en las fotos?

—No, besos no. Pero sale cogido a ella la mar de sonriente. Y la muchacha es superguapa.

—¡Entonces no hay nada seguro! —exclamó Lucía algo más aliviada.

—No sé...

—Averiguaremos la verdad.

Lucía abrazó a Frida, que por una vez no huyó. Bea también se unió al abrazo colectivo y se quedaron así quietas un rato, hasta que al fin Frida suspiró profundamente separándose de ellas y sacudiendo la cabeza y los hombros como para infundirse ánimos.

—No me apetecía nada contarlo delante del hermano de Susana, y menos en una emisora de radio para que se entere todo el mundo.

Lucía y Bea esperaron a que su amiga estuviera preparada para poner rumbo a la emisora, unas manzanas más allá. Frida iba a tener que esforzarse mucho para disimular su abatimiento y ponerse en el papel de la chica despreocupada del anuncio.

20
Días de radio

—Bea, este es Aitor.

En el portal de la emisora, Susana presentó a su hermano a todas y, cuando llegó a Bea, Lucía se dio cuenta de que su amiga se ponía más roja que un tomate. Era el efecto natural que tenían en ella los chicos, así que no le sorprendió.

—Encantada.

Dio dos besos en las mejillas de Aitor, quien respondió a su vez:

—Encantado.

El hermano de Susana se parecía muchísimo a ella, incluso vestían casi igual, con los tejanos negros, la camiseta de un grupo de música y un pañuelo al cuello. Pero tenía el pelo mucho más largo y, mientras que Susana lo llevaba con la raya al lado por encima de las orejas, Aitor lucía una me-

lena negra hasta los hombros. Sus ojos eran tan oscuros y grandes como los de su hermana, con la nariz recta, y los labios fruncidos en un gesto amable. Aunque tenía un año más que ella, era algo más alto y corpulento. A ella se la veía pequeñita a su lado, con lo que Lucía se sentía todavía más enana de lo habitual. Procuró mantenerse cerca de Bea, la única del grupo que no le sacaba medio metro (por decir algo).

Acabadas las presentaciones, Aitor llamó por el interfono y enseguida respondió una voz de chica que le abrió en el acto. Él y Susana iban en cabeza de la fila, que ascendía por las escaleras de aquel edificio viejo sin ascensor hasta el tercer piso. Les seguían Raquel y Bea, y luego Lucía, que de vez en cuando daba palmaditas en la espalda a Frida para animarla, mientras le costaba encontrar oxígeno entre el olor a humedad y tanto escalón.

Cuando llegaron, una chica joven en un escritorio hablaba por teléfono en la sala de recepción. Les hizo un gesto levantando el dedo índice para que esperaran, así que se quedaron donde estaban. No había más que tres sillas. Lucía dio un rodeo para observar los carteles que colgaban de la pared: pertenecían a distintos conciertos y estaban llenos de firmas originales.

—¿Qué tal, Aitor?

La recepcionista sonrió al hermano de Susana.

—Bien, con las amigas de mi hermanita. —Le guiñó un ojo a Susana y esta le dio un manotazo en el brazo—. Bárbara, ella es Susana, mi hermana.

Bárbara se levantó de la silla y le dio dos besos.

—Venís a grabar un anuncio, ¿verdad?

—Sí, si nos dejáis...

La chica se rió y cogió el teléfono para avisar a un tal Santi, que salió un segundo después de una de las puertas que daban a esa recepción. Se trataba de un hombre de más de treinta años con el pelo canoso y rostro jovial. Sus movimientos eran nerviosos, se notaba que le costaba mantenerse quieto. Fue directo a Aitor y le dio la mano.

—¿Qué pasa, tío? No me lo digas, esta es tu hermana —dijo refiriéndose a Susana, que estaba a su lado—. ¡Sois idénticos!

—No, por favor —protestó Susana.

El tal Santi comenzó a reírse con sonoras carcajadas y, cuando terminó, Susana fue diciendo el nombre de todas sus amigas mientras él asentía como si tratara de memorizarlos.

—Pues venga, al lío. El estudio de grabación estará libre solo un rato. ¿Quiénes pondrán las voces?

Susana señaló a Frida y a Raquel, y cuando Santi les preguntó si estaban preparadas, Raquel asintió muy convencida, pero Frida dijo que sí un poco menos.

—No tengas vergüenza, que seguro que os sale estupendo. Aitor me ha pasado el guión y es para mondarse.

Santi abrió la puerta por la que había salido y tras el pasillo entraron en una sala alucinante, un mundo nuevo. Lucía nunca había visto un estudio de grabación: dividido en dos por una pared de cristal, estaba la parte en la que el técnico grababa, llena de máquinas y monitores, y al otro lado, con paredes insonorizadas por paneles de corcho, una mesa con varios micrófonos y auriculares que daban voz a todos esos locutores que ella escuchaba.

—Bien. Ya tenemos todas las músicas y los efectos que nos ha pedido Aitor. Lo único que nos falta grabar son vuestras voces.

Santi indicó a Frida y a Raquel que se sentaran en la parte de los micros. Explicó que debían mirar siempre a través de la «pecera» hacia donde estaba él, pues les iría dando las entradas y las salidas de su diálogo, aunque aparte llevaran unos auriculares a través de los que él les hablaría. Los demás podían quedarse con él y ayudarle con las músicas para evitar que se grabara algún sonido extra.

Las chicas obedecieron. Mientras Raquel hacía el tonto repitiendo «probando, probando» delante del micro con los auriculares ya puestos, Frida se mantenía callada. A Lucía le dolía verla así, con lo parlanchina que solía ser su amiga. Nadie más que ella y Bea conocían el motivo. Ojala consiguiera dejar su tristeza a un lado para disfrutar de aquel momento tan especial... Frida le dirigió sus ojos afligidos y ella levantó el pulgar hacia arriba, pero su amiga respondió con una sonrisa forzada que daba miedo.

—Cuando cuente tres, empezáis el diálogo.

Santi tocó una serie de botones y comenzó a reproducirse la música de centro comercial que habían acordado (una de David Guetta, una tecno más típica de tiendas como Bershka o Stradivarius no podía ser). Levantó los dedos y contó hasta tres tal como había explicado. Entonces, la voz de Raquel comenzó a sonar:

—¡Treinta euros por un top! ¡Qué carísimo está todo!

Después la de Frida:

—Yo sé dónde podemos encontrar auténticas gangas...

No había emoción, ni énfasis, ni chiste, ni nada... Más que reír, la voz de Frida conseguía hacer llorar. Así que Santi decidió parar la grabación.

—No pasa nada. No te pongas nerviosa, Frida. Tú actúa como si de verdad estuvieras en un centro comercial buscando una camiseta.

Aunque la rodilla del técnico no paraba de moverse desde que se había sentado en la silla, su voz sonaba moderada. Susana miró a Lucía y la interrogó frunciendo las cejas: ¿qué le pasaba a Frida? Pero Lucía negó con la cabeza quitándole importancia. Eso le correspondía contarlo a su amiga, no a ella.

Santi dio la señal de que volvían a grabar y Raquel comenzó el diálogo de nuevo. Frida hizo su entrada y repitió la misma frase que antes. Y el mismo tono penoso también. Esa vez Santi no las interrumpió, dejó que continuaran hasta el final. Cuando terminaron, puso la música que habían elegido de One Direction y avisó a las chicas que estaban en el locutorio para que entraran al otro lado de la «pecera».

—Esto no funciona.

Las caras de todas eran de consternación. No podía ser que el anuncio quedara tan mal...

—Lo siento —se disculpó Frida.

—No os preocupéis. Es que hoy no podemos hacer más porque llegan ya los que tienen que grabar una cuña para su programa.

—¿Y otro día?

Susana miraba a Santi suplicante. Aitor abrió mucho los ojos como diciéndole a su hermana que se estaba pasando.

—Claro, pasaos mañana a esta misma hora. Pero es el último día que puedo en este mes, porque después la agenda ya está a tope.

Aitor le dio mil veces las gracias.

—Y no te ralles —trató de tranquilizar Santi a Frida—. Es que como en la radio solo importa la voz, depende mucho de cómo te levantes ese día. —Le dio una palmada a Frida en el hombro.

—Sí, yo creo que hoy me he levantado con el pie izquierdo.

Aitor dio las gracias otra vez a su amigo, que los acompañó hasta la recepción, donde Bárbara les recibió con la misma sonrisa abierta de antes. Se despidieron de la recepcionista y se marcharon de aquel mundo nuevo en el que habían sobrevivido tan poco.

Aitor iba el primero en el descenso de las escaleras. Justo detrás bajaban Bea, Lucía, Raquel, Frida y Susana. Lucía escuchaba de lejos un murmujeo: Susana le preguntaba a Frida qué narices le pasaba y esta le daba largas. Al llegar al rellano, Aitor abrió la puerta del portal a Bea y le dedicó una tímida sonrisa. Después pasaron todas las demás.

—¿Por qué no me dices qué te pasa?

Susana le insistía a Frida cuando estaban en la calle, delante de todos.

—Luego te lo cuento, pesada.

Frida miró a Aitor de refilón y este debió de captar la indirecta, porque se despidió de todas con un gesto de la mano y se alejó por la calle con las manos metidas en los bolsillos y la mirada clavada en el suelo. Susana no esperó más:

—¿Ahora?

Puso los brazos en jarras para hacerse la dura.

—Marcos tiene novia.

Susana se llevó las manos a la cabeza.

—Estás de broma, tía —soltó Raquel.

—Hoy ya has visto que no estoy para bromas.

—Todavía no hay nada claro —precisó Lucía.

Frida explicó lo de las fotos de la tía buena en Tuenti, los abrazos y la falta de besos, y Susana concluyó que lo principal era averiguar la verdad. ¿Dónde estaba Marcos en ese momento?

—En la biblioteca, supongo —respondió Bea.

—Pues vamos a esa biblioteca.

Bea protestó aduciendo que ni siquiera estaba segura de que su hermano estuviera allí, pero Susana ya se estaba metiendo en la boca del metro arrastrando a Frida del brazo. Ninguna de ellas objetó nada. Lucía cogió el móvil y envió un whatsapp a su padre para avisarle de que llegaría algo más tarde, pero que estaría en casa para comer.

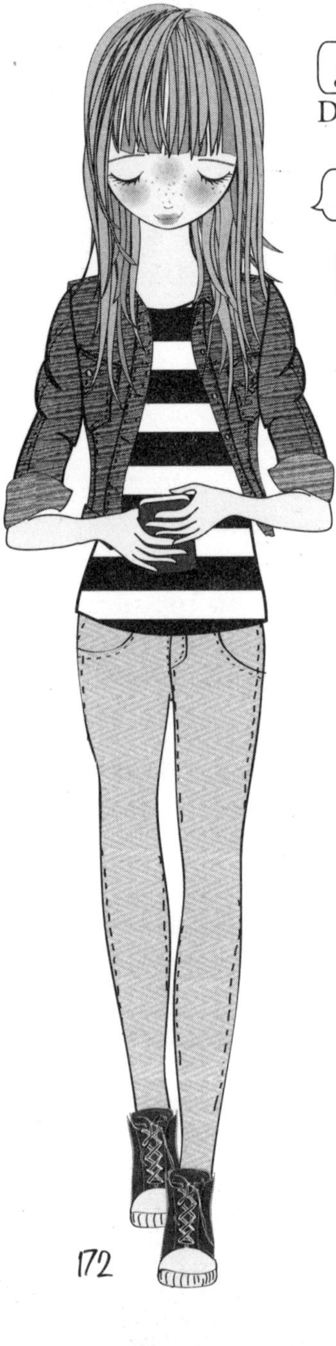

¿El anuncio bien?, preguntó David.

No sta akbado

Lo bueno se hace esperar

Eso spro

Lucía metió el bono del metro en la máquina y corrió detrás de sus amigas porque se había quedado atrás y llegaba ya el tren. Tenían cuatro paradas para planificar la estrategia. De camino a casa de Bea, se dejó contagiar por el optimismo de su padre y confió en que todo se arreglaría pronto.

21

Lo bueno se hace esperar

Frida se escondía detrás de Susana, que caminaba decidida hacia la biblioteca más cercana a la casa de Bea. Allí era donde esta había dicho que Marcos solía ir a estudiar, ella misma se lo había encontrado más de una vez con sus amigos armando escándalo. Pocas veces, o ninguna, lo había visto solo, la verdad.

—Qué vergüenza, ¿qué le vas a decir, Susana? ¿Dónde te has dejado a la novia? ¿Y delante de sus amigos? —preguntaba Frida.

De los nervios debía de haberle entrado frío, porque se había subido la cremallera de la chaqueta hasta el cuello. Lucía se acercó a ella y le acarició la espalda para darle calor. Su amiga no se separó.

—No. Vamos a aclarar algunas cosas.

—Pero ¿cómo? ¡No tenemos ningún plan!

Como Susana no le hacía caso, Frida acabó gritando su nombre muy fuerte, parándose en mitad de la calle. Al ser una zona residencial, apenas había tráfico y el nombre de

¡¡¡SUSANAAA!!!

retumbó en las paredes de las casas rompiendo la tranquilidad del lugar. Un matrimonio que paseaba a su yorkshire terrier dirigió a las niñas miradas irritadas, y el perro decidió cruzar a la acera de enfrente como para evitarlas. A Lucía se le ocurrió que aquella era la primera vez que no era ella la que modificaba su trayectoria ante la cercanía de un perro, sino al revés.

Susana se paró y miró a Frida.

—Está bien. Pensemos.

Se encaminó hacia una plaza cercada de arbustos. Frida resopló y las cinco amigas tomaron asiento en el banco que estaba en el centro. Las chicas se miraban unas a otras sin saber muy bien qué tenían que pensar.

—Le preguntaremos qué tal le fue la fiesta del sábado —resolvió Susana desde el respaldo del banco.

—¿Y qué más, tía? ¿Cómo le preguntas por la pava esa?

Raquel se recogió la melena en un moño alto antes de beber un poco de agua de la fuente de piedra que estaba junto al banco.

—Hay cosas que no se pueden planear.

—Vamos a hacer el ridículo, ya veréis.

Bea iba negando con la cabeza tremendamente preocupada.

Lucía le pidió el móvil a Frida y se metió en el perfil de Marcos para ver las dichosas fotos. Había que analizarlas: si hay una cosa cierta es que diez ojos pueden ver más cosas que dos. Frida tenía razón, la archienemiga de Frida era sin duda guapísima: tenía el pelo rubio muy liso, hasta los hombros, sin flequillo. Le llamó la atención que llevaba algunas mechas muy finas de color azul y le quedaban bien, nada macarra. Las cinco amigas se fueron pasando el móvil. A veces sonaba un «¡Oh!» o un «¡Qué fuerte!» o «Eso no significa nada». U observaciones sobre si el brazo de Marcos rozaba el hombro de ella o únicamente pasaba por encima.

—Así no vamos a sacar nada. Hay que hablar con él.

Susana se dirigió a Frida, que seguía con expresión desconsolada mirando al suelo.

—¿O te quieres pasar el día entero preguntándote si es verdad o no?

Frida negó con la cabeza. Tras tomarse una pausa levantó los ojos y le dijo a Susana:

—Está bien.

Susana se puso de pie y tiró de Frida, que, sentada en la parte de abajo del banco, opuso poca resistencia. Las demás las siguieron todavía sin comprender muy bien qué debían hacer.

Unas pocas calles más adelante se plantaron en la biblioteca. Acordaron entrar como si fueran a buscar una larga lista de libros, así que, cada una mirando para un lado, se colaron en dos pasillos consecutivos sin prisas. Mientras Frida y Lucía se centraban en los ejemplares de ciencias naturales, Susana se asomaba hacia las mesas de ese lado para divisar la cabeza de Marcos. Bea se escondió en el pasillo siguiente para espiar las mesas del lado opuesto, mientras que Raquel eligió al azar un libro de historia y lo abrió para hojearlo.

—Me va a dar un infarto —susurró Frida.

—Tranquila.

Lucía recordó las palabras que su padre le había dicho hacía un rato y se las transmitió a su amiga:

—Lo bueno se hace esperar.

Frida volvió a asentir, convenciéndose de esa idea. Abría un libro, pasaba las páginas a toda velocidad sin detenerse en nada y después lo cerraba para pasar al siguiente.

Lucía se aproximó a Susana para averiguar si había novedades, pero su amiga no distinguía a Marcos entre todos aquellos estudiantes. A esas horas de un sábado por la mañana, la biblioteca estaba tremendamente llena.

—¿Te ayudo en algo?

Lucía alzó la vista para asegurarse. No se lo podía creer. Ahí estaba su objetivo, apoyado en esa misma estantería, con los brazos cruzados y hablando a su amiga como si nada. ¡Marcos había llegado hasta Frida de lo más sigiloso! Lucía llamó a Susana por la espalda y esta se encargó de avisar a las demás, que corrieron en auxilio de su amiga.

—¡Hombre, si tú también has venido! —Marcos saludó a su hermana, ignorando las miradas molestas de los que de verdad estaban estudiando.

—Estamos buscando unos libros para clase.

Bea habló del tirón, como si tuviera la frase ensayada. También a ella mentir se le daba fatal.

—Os pilla un poco lejos esta biblioteca.

—Estábamos visitando a tu hermana —intervino rápidamente Frida algo ronca.

—¿Estás resfriada?

Marcos se sacó un chicle de menta del bolsillo y se lo ofreció. Frida lo aceptó dándole las gracias y se lo metió en la boca para no llevarle la contraria. Además, de esa manera, podría ahorrarse hablar en un ratito.

—¿Qué, mucho estudio? —preguntó Susana.

—Se hace lo que se puede.

—Supongo que tendrás que recuperar después de la fiesta del sábado.

Marcos echó la cabeza para atrás y comenzó a reírse.

—Sí que corre rápido la voz.

Miró a su hermana echándole la culpa.

—No tan rápido —añadió Susana.

Lucía intervino interrumpiendo el reproche de su amiga por miedo a dónde pudiera llegar:

—¿Lo pasaste bien?

—No estuvo mal.

Frida seguía masticando su chicle, cada vez más fuerte y veloz. A ese paso, lo iba a hacer papilla.

—Bueno, chicas, aunque esta conversación es de lo más interesante, tengo que volver al estudio.

Marcos se separó de la estantería y comenzó a caminar, pero se paró en seco y se volvió hacia ellas una vez más:

—No vayas a atragantarte con el chicle, Frida. Yo no sé hacer el boca a boca.

Y tras soltar una última carcajada, el hermano mayor de Bea se alejó de allí dando largas zancadas.

Lucía cogió un Kleenex del bolsillo y le pidió a Frida que escupiera el chicle antes de que se cumpliera la premonición de Marcos. Hizo una bola de papel y se acercó a la papelera de la entrada a tirarlo. Las demás se quedaron en aquel pasillo escondidas, pero sus voces se oían desde lejos. Maldita sea, odiaba ver a su amiga pasarlo tan mal: no habían sacado nada en claro con aquella visita.

Tiró la pelotita en la papelera y se dio media vuelta para regresar junto a las chicas. Caminaba con la mirada al frente por aquel pasillo con estanterías a un lado y mesas al otro procurando no torcerse nada para no hacer el ridículo delante de tanta gente. En circunstancias como esa, tenía la sensación de que todos esperaban a que le sucediera eso: una paranoia como otra cualquiera. A lo lejos, percibió algo que llamó su atención: Marcos no estaba solo. A su lado, de espaldas a ella, se sentaban un chico y una chica con unas mechas azules que se reflejaban en el pelo dorado en la distancia... ¡Era la chica de las fotos! Lucía entrecerró los ojos para ver un poco mejor y distinguió perfectamente como la chica daba un morreo al chico que estaba a su lado, no a Marcos. Estuvo a punto de pegar un grito de alegría.

Corrió hasta el pasillo en el que se escondían sus amigas y empujó a Frida hasta el extremo para que viera la mesa de Marcos. No hizo falta que la pusiera en situación, Frida se volvió hacia ella al momento y le dio tal achuchón que por poco la aplasta. Las demás se asomaron también y comprendieron lo que sucedía: la chica de las mechas azules era la novia del amigo de Marcos. ¡El misterio estaba resuelto!

Salieron de la biblioteca casi corriendo y, ya fuera, todas lo festejaron saltando de alegría abrazadas. Cuando pararon, se dieron cuenta de que estaban justo delante de una de las ventanas y de que todos los estudiantes de una mesa las miraban con caras divertidas.

—¡Por lo menos, no es la de Marcos!

Una vez que Frida hubo recuperado su humor, las cinco amigas se marcharon de allí contentas de haber llegado hasta el final en su investigación. Al día siguiente podrían grabar su anuncio sin inconvenientes porque Frida volvía a ser la de siempre. Definitivamente, lo bueno, se hace esperar.

De: Marta (lapoetisamarta@hotmail.com)

Para: Lucía (let'sdance@hotmail.com), Frida (arribaFrida@hotmail.com) y Bea (doremi@hotmail.com)

Asunto: Re: Estrellas de la radio

Adjunto: muffins.jpg

¡Chicas!

¡Me hubiera encantado ir con vosotras a grabar ese anuncio! Gracias por enviarme el mp3 para que pudiera escucharlo, me he partido de risa yo sola. Mi padre ha entrado en el cuarto por si me había dado un ataque o algo ¡El rastrillo será un éxito seguro! ¡Ah!, y mucho mejor la música que habéis elegido vosotras que la de Shakira...

Yo sigo con mi negocio virtual de repostería. ¿Sabéis que gracias a él me estoy haciendo de lo más popular? El último pedido fue para el cumpleaños de una chica de mi clase y quedó tan contenta que su amiga me ha pedido que prepare su tarta también y, además, me ha invitado a la fiesta mañana, así que me tengo que poner las pilas. Son como las más guays de la clase, pero no quiero juzgarlas sin saber cómo son realmente. Así que quizá vaya un rato... Kellen y Viveka se niegan a acompañarme, dicen que estoy loca, jeje. Mientras llegue a tiempo a su concierto de mañana dicen que me lo perdonan todo. ¡Ya os contaré!

Besosss,

ZR4E

P. D.: Os envío unos muffins para que os endulcen este finde tan bonito

22

La cigüeña viene de París

Después de comer todos juntos el domingo, Lorena se disculpó y se encerró en su dormitorio para echarse la siesta. Lucía no lo sabía, pero resultaba que lo de estar embarazada daba sueño. Se lo había explicado su padre después de que Lorena se pasara la mitad de la comida dando grandes bostezos que se había encargado de contagiar a unos y a otros en cadena. Lucía se quedó con su padre y con Aitana viendo una película hasta que también él empezó a roncar en el sofá, y entonces decidió que era hora de meterse en su habitación.

Cogió su móvil y se echó en la cama. Se colocó el cojín a la espalda para quedar incorporada. Entró en la agenda y arrastró el dedo por la pantalla hasta llegar a la letra E. Ahí estaba el teléfono de Eric. No se habían hablado en toda la semana y, aunque estaba deseando llamarle para contarle lo bien que había salido el anuncio de la radio y los planes para el rastrillo, se contuvo. ¿Y si no le cogía el teléfono? O peor: ¿y si se lo cogía y se quedaban callados sin saber qué decir? Necesitaba hacer algo para entretenerse.

Unos golpecitos en la puerta la distrajeron. Sin darle tiempo a decir que pasara, la puerta se abrió y Aitana entró en su habitación directamente. Iba cargada con un armarito rosa pequeño, una Barbie y un Ken. Lucía se la quedó mirando extrañada y fue a decirle que en ese momento no le apetecía jugar con sus muñecos, pero se contuvo porque no tenía nada mejor que hacer. Así que se sentó a su lado sobre la alfombra y se quedó con Ken.

—¿Para qué gran acontecimiento tienen que vestirse hoy? —preguntó Lucía con voz algo cansada.

—Hoy van a una fiesta de disfraces.

Movió la cabeza satisfecha y abrió el armarito que había traído Aitana lleno de modelos, tanto para chica como para chico. Seleccionó unos pantalones negros y un jersey amarillo con rayas negras. Se lo puso al chico y se lo enseñó a Aitana:

—Ya está mi disfraz. ¿De qué irás tu, querida?

Aitana se rió y le siguió el juego:

—Me gusta tu disfraz de abeja, yo iré de Caperucita Roja.

La pequeña colocó un trozo de tela roja alrededor del cuello y de la cabeza de su muñeca. Después cogió una minicesta que había dentro del armario. Pidió a Lucía un trozo de papel y se dedicó a dibujar circulitos rojos, que recortó y metió en la cesta.

—Las manzanas.

Aitana colgó la cesta de las manos de su Barbie. No se podía negar que la pequeña tenía imaginación. Con cuatro trapos viejos había creado un disfraz de lo más reconocible. Lucía se quedó mirando a la muñeca desfilar de la mano de su Ken por delante de ella cuando de repente volvió a repetirse el mismo pensamiento: con cuatro trapos viejos había creado un disfraz. Ahí estaba su inspiración. Se le ocurrió una idea que quizá era un poco loca: ¿y si hacían el rastrillo para recaudar fondos con disfraces? Claro que también podían vender ropa vieja sin más, pero así conseguía ese punto de distinción que llevaba días buscando. Incluso ellas mismas podrían ir disfrazadas para dar ideas a los visitantes sobre qué hacer con las prendas que comprasen. Su idea fue dando de sí e imaginó también qué podían hacer con todo aquello que no fuera ropa (cuadros, cajas, paraguas...): podían venderlo como complementos de los disfraces, como la cesta que ahora llevaba Barbie.

—¿Sabes dormir con los ojos abiertos? —le preguntó Aitana, que la estaba mirando ceñuda.

—No, perdona. Es que me acabas de dar una idea increíble.

—¿Qué idea?

Lucía miró a su hermana y se le ocurrió algo más: quizá ella misma podía ayudarlas a pensar en los disfraces que diseñarían. Seguro que la pequeña se lo pasaría bomba y a ellas les sería de gran ayuda. Así se lo explicó mientras Aitana asentía con la cabeza sin interrumpirla.

—¿Qué me dices? ¿Nos ayudarás?

La niña volvió a su Barbie como haciéndose la remolona.

—¿No quieres?

Aitana comenzó a cabecear sin dejar de mirar a su muñeca, a la que había empezado a desvestir otra vez. Sin levantar la mirada, le preguntó:

—Sí, si me ayudas tú en otra cosa.

Lucía soltó una carcajada: con seis años su hermana había aprendido muy rápido lo que era el chantaje. No podía ser gran cosa lo que le pidiera, así que aceptó el trato ofreciéndole la mano a Aitana, que alargó la suya algo indecisa también. Después le preguntó qué era eso tan importante que requería de su ayuda y Aitana la miró fijamente antes de responder:

—Quiero que me expliques de dónde vienen los niños.

Lucía se quedó muda. Ignoraba que a su edad los niños se hicieran esa clase de preguntas, tampoco recordaba cuándo se lo habían explicado a ella, ni quién; tenía la sensación de que nadie en concreto, aunque probablemente habría sido la profe de ciencias naturales. ¿No le correspondía acaso a ella dar esa información a los niños? Lucía se puso en pie de un salto como para evitar la mirada atenta de su hermana. Se sentó en la silla delante del ordenador y lo encendió.

—Has prometido ayudarme —protestó Aitana.

—¿No te han contado la historia de la cigüeña que viene de París?

—Eso es imposible. ¿Y si llueve o hace viento? El bebé se haría daño, y papá dice que cuando llegue aquí a casa tendré que tener mucho cuidado con él.

De reojo vio que Aitana había empezado a recoger la ropa y los muñecos del suelo dispuesta a marcharse. Tenía la boca apretada en un gesto enfadado y los mofletes se le hinchaban más de lo habitual. Lucía se sentía mal, pero no podía hablarle de esas cosas, ¡si Aitana casi seguía siendo un bebé! Se obligó a hacer algo para salir del aprieto.

—Ven aquí, Aitana.

La pequeña caminó hacia Lucía, que apoyó las manos en los hombros de su hermana y la miró fijamente:

—Te voy a confiar mi secreto: yo creo que lo de la cigüeña es verdad. Son pájaros muy grandes y están entrenados. Hay expertos que se dedican a prepararlas para que puedan luchar contra el viento y la lluvia hasta llevar al bebé sano y salvo a su nueva casa.

—¿Seguro?

—Sí. Tengo un amigo que es un experto entrenador de cigüeñas. Te lo presentaré para que le hagas todas las preguntas que quieras.

Aitana al fin sonrió satisfecha y Lucía resopló aliviada. Su hermana recogió todos los juguetes y salió del cuarto dando saltos y anunciando a voz en grito que iba a conocer a un entrenador de cigüeñas.

Lucía cerró la puerta y se sentó en el ordenador. Escribió un e-mail a sus amigas explicándoles con detalle lo que se le había ocurrido respecto al rastrillo. Esperó un rato por si alguna respondía, pero se acordó de que ninguna lo vería hasta la noche: Frida y Raquel estarían en pleno partido de vóley y las demás tenían planes familiares. Pero estaba demasiado emocionada y le apetecía hablar con alguien de todo eso, era una lástima que nadie estuviera conectado. Entró en el perfil de Tuenti de Eric y curioseó sus fotos por si había colgado alguna nueva. La última actualización de su estado había sido del viernes: «Mañana, paintball a las 11. ¡No faltéis!», y debajo le seguían los comentarios de Jaime, Raúl y otros sobre cómo iban a machacar a los del equipo contrario. Echaba de menos hablar con él...

Cogió aire y entró en su correo otra vez. Escribió rápido el nombre de Eric en el apartado de la dirección; enseguida salió su correo abajo, y lo aceptó sin pensarlo más. No podía dejar que Eric se olvidara tan fácilmente de ella. Se había portado mal y tenía que seguir arreglando los estropicios que había provocado: primero habían sido los errores que había cometido con sus amigas y ahora le tocaba el turno a Eric. Así que se obligó a escribirle un e-mail.

Cuando llevaba un par de líneas las borró porque eran una chorrada y empezó de nuevo. No quería sonar enfadada ni molesta, más bien jovial y algo arrepentida por haberse distanciado tanto de él, y por haberle mentido el día después de su cumpleaños. Después de mil retoques, el e-mail quedó así:

De: Lucía (let'sdance@hotmail.com)

Para: Erica (ericathebest@hotmail.com)

Asunto: Qué tal?

¡Hola Eric!

¿Qué tal fue la partida de paintball? Seguro que ganó tu equipo, he oído que sois muy buenos JJJ. Te escribo porque quería disculparme por los últimos días, he estado un poco rara, pero ahora vuelvo a ser yo, Lucía, la de siempre. Tengo un montón de cosas que contarte. Cuando nos veamos en clase esta semana te las cuento.

Un beso,

Lucía (¡ahora sí!)

Lo leyó varias veces más, hasta que oyó la voz de su padre a través de la puerta. Se había despertado de la siesta y quería jugar a algún juego de mesa para pasar la tarde haciendo un poco de ejercicio mental. Así que se obligó a pulsar el botón «Enviar» y al segundo apareció el mensaje de que el correo se había enviado correctamente. Ya solo le tocaba cruzar los dedos y esperar que también eso le saliera bien.

23

Más veloz que un Rayo

—Pero ¿cómo haremos los disfraces? —le preguntó Bea.

—Lo primero es reunir todo lo que no nos sirva.

—Solamente nos quedan dos semanas para el rastrillo... —le recordó Frida un poco desconfiada.

El plan de los disfraces no había tenido la acogida esperada. Sus amigas no entendían cómo iban a hacer disfraces con trapos viejos.

—Nos ayudará Aitana.

—¿Tu hermanastra de seis años? —preguntó Susana alzando la voz más de lo que pretendía.

—¿La misma a la que no puedes ni ver? —recalcó Frida.

—Últimamente nos llevamos un poco mejor. —Lucía sonrió recordando la tarde pasada.

Viendo que sus amigas no acababan de convencerse de lo de los disfraces, les pidió que confiaran en ella. En esa semana, cada una debía seleccionar las cosas de sus armarios que no le sirvieran. El sábado quedarían en casa de su padre para que entre todas pensaran en posibles disfraces con los materiales reunidos. Aitana colaboraría con su imaginación infantil y ella se encargaría de dibujar los bocetos y de pintarlos para poder presentar un catálogo. Todo lo demás se vendería igual, como complementos en potencia: pensarían en qué cosas podrían llegar a ser. Por ejemplo, una caja vacía se podría convertir en un cofre lleno de tesoros. O un bastón viejo, en el báculo de un rey poderoso. Por ese motivo, Lucía había pensado que el rastrillo debería llamarse:

El rastrillo de los sueños

Las chicas acabaron por aceptar la propuesta a la espera de que, realmente, los resultados dieran la razón a Lucía.

—Tú eres la mente creativa del grupo... —le concedió Frida.

—En el anuncio no dice nada de esto —les recordó Susana, después de lo que les había costado grabarlo.

—¡No importa!

Explicó a sus amigas que ese sería el factor sorpresa: cuando la gente llegase al rastrillo se encontraría con que no solo comprarían ropa en buen estado, sino también sueños. ¡Y a los sueños no se les puede poner un precio demasiado bajo! Quedarían tan sorprendidos que se lo contarían a todos sus conocidos.

—Si al acabar el día no lo hemos vendido casi todo me toca invitaros al *burger* a todas.

—¿Es una apuesta?

Frida alargó la mano y Lucía se la cogió convencida de que su plan no fallaría.

Sonó el timbre y cada una se metió en su clase dispuesta a pasar la pesada mañana del lunes. Siguiendo su habitual eficacia, Mrs. Dolloway ya había corregido los exámenes del viernes anterior, así que aprovechó para distribuirlos entre los alumnos nada más entrar. Cada vez que pasaba por una mesa, o bien su boca dibujaba una mueca de decepción o salían de ella comentarios desafortunados. Lucía aprobó justito, pero no se quedó sola: el único que recibió un halago fue Kay. Aún tendría que pedirle ayuda con la asignatura... Pensándolo mejor: **¡NO!** Pasaba de más problemas. Se había propuesto arreglar lo suyo con Eric y estaba trabajando en ello. Todavía no lo había visto esa mañana, quizá había llegado tarde, pero esperaba que entre clase y clase pudieran cruzarse por los pasillos. Así que en cuanto sonó el timbre saltó de su silla y salió afuera. Frida y Susana llegaron poco después.

—¿Te quemaba la silla? —preguntó Frida.

—¿Cómo?

—No, es que has salido como si se te hubiera achicharrado el culo.

Lucía le dio un manotazo en el hombro y Frida protestó.

—Al final tendré que quejarme a la profesora. Ser enana no te da derecho a la violencia, ¿sabes?

Estaba riéndose con la boca desencajada, como las demás, que habían salido también al pasillo, cuando de soslayo vio que Eric salía de clase. Se disponía a pasar por delante de ella en dirección al lavabo, así que Lucía volvió la cabeza hacia él esperando que al menos la saludara o le hiciera alguna indicación de que quería hablar con ella después de haber leído su correo. Pero Lucía solo llegó a levantar la cabeza, porque Eric ni siquiera reparó en ella. Notó como sus mejillas le ardían: ¡qué vergüenza! Había estado a punto de hacer el más grande de los ridículos...

—¿Qué te pasa? ¿También se te ha achicharrado la cara?

Frida siguió con la broma hasta que Lucía les explicó lo ocurrido: había escrito a Eric, y además de no haber respondido también la ignoraba.

—Dale un poco más de tiempo —le sugirió Susana dentro de su sabiduría.

Decidió hacerle caso. Quizá si transcurrían unos cuantos días más acababa por pasársele el enfado.

Con esa incertidumbre pasó el resto del día hasta que acabaron las clases. Y entonces Frida le recordó que tenía que acompañarla a sacar a los perros de la señora Bosco.

—No me apetece nada.

—Te aguantas.

Lucía puso cara de pena con la esperanza de que su amiga se apiadara de ella, pero sirvió de justo lo contrario.

—Te ayudará a distraerte, ya verás.

En cuanto llegaron al piso de Aída Bosco, la anciana las invitó a dos vasos de Coca-Cola y les preguntó para qué estaban ahorrando con tanto esfuerzo. No era una mujer muy parlanchina, pero cada día que la visitaban conseguían sonsacarle alguna palabreja más. Las chicas (sobre todo Frida, la social) le contaron lo del rastrillo y la mujer les deseó suerte. Después, Yocasta les entregó a los tres perros atados a sus correas y salieron de allí dispuestas a pasar una hora perruna.

Como venía siendo costumbre en la última semana, las dos amigas se encajaron en el ascensor haciendo un tetris con los tres perros. A esas alturas, Lucía ya no sentía ni mucho menos el pánico de hacía una semana hacia esos chuchos que habían demostrado ser, cuando menos, cariñosos. Se atrevía incluso con el grande, con Álex: al verlo le parecía todo un señor. Había descubierto que los perros tenían personalidades marcadas: mientras que Álex era el señor del grupo, Rayo era el juguete y Nieve el más dulce. Caminaron hacia el parque que estaba al lado de la casa: tenía varios kilómetros y los perros podían correr y cansarse todo lo que quisieran. Frida no tenía miedo a nada y los soltaba confiada: también fuera del pipican, a pesar de las advertencias de Lucía.

—Podrías traerte un día a Ricky, a ver si se hacen amigos —le sugirió a Frida.

—Ricky es muy posesivo.

—¿Te refieres a tu bulldog francés? Si pesa cuatro kilos...

—Hace unos días no pensabas lo mismo. Tenías miedo de Rayo, que ya ves tú.

Frida señaló al jack russell terrier, que caminaba con una pelota en la boca hacia Lucía. Cuando llegó hasta ella se la dejó en los pies y ella se la tiró todo lo lejos que pudo.

—Supongo que de todo se aprende.

Lucía acarició la cabeza de Nieve, su preferido. Tomó asiento en el banco junto a Frida, que tenía a Álex sentado encima de sus pies. Nieve se alejaba de vez en cuando a saludar a algún que otro perro, pero regresaba después otra vez, como para no perderlas de vista. Rayo volvió con la pelota y Lucía se la lanzó de nuevo todo lo fuerte que pudo.

—Vaya bracitos de muñequita tienes.

—¿Acaso has visto a alguna bailarina en plan Rambo?

Lucía se quitó la chaqueta del colegio y sacó bola con su brazo, pero no consiguió más que un diminuto bulto por encima del hueso. Frida, sin embargo, tenía bastante más masa muscular. Cuando Rayo les llevó la pelota, fue ella quien se levantó del banco, la cogió y la tiró bastante más lejos, tanto que se perdió al final de una arboleda.

—Ya verás qué bien dormirá esta noche.

Frida le guiñó un ojo y volvió a sentarse. Un chico con un bulldog francés que quería saludar a Nieve se acercó a ellas y Frida se entretuvo hablando con él sobre su Ricky. El del chico era una hembra y se llamaba Sofía. Mientras su amiga hablaba y hablaba, Lucía no dejaba de mirar hacia la arboleda esperando ver aparecer a Rayo en algún momento. Pasaron varios minutos y empezó a ponerse nerviosa. Se levantó del banco y se alejó un poco de su amiga hacia donde habían lanzado la pelota. Nieve la siguió, mientras que Álex permaneció sentado con pose elegante a los pies de Frida.

—**¡Rayo!** —gritó.

Viendo que el perro no daba señales de vida, comenzó a intensificar más sus gritos.

—**¡Rayo, Rayo!**

A lo lejos distinguió una caseta, quizá para guardar material del jardín y corrió hacia ella. Si el perro estaba al otro lado, quizá sus gritos no le alcanzaban. La bordeó esperando encontrar a Rayo perdido. Pero no tuvo suerte, allí no había nada más que árboles. Buscó a un lado y al otro con el corazón a mil: mira que si habían perdido al perro de la señora Bosco... ¡Les iba a caer una buena! Continuó gritando hasta desgañitarse esperando que Rayo la oyese estuviera donde estuviese y regresara. Como si lo hacía desde el fin del mundo...

—¿Qué pasa?

La voz de Frida la sorprendió y dio un bote del susto.

—

ha desaparecido.

—No puede ser. Si estaba aquí.

—Sí, estaba. Pero **ya no está** —enfatizó las últimas palabras con visible angustia.

Por primera vez, Frida dejó de bromear y la miró con cara de auténtico espanto. Álex le lamió la mano para tranquilizarla. Después se volvió sobre sus tobillos buscando en la distancia al perro que acababan de perder. Acordaron que cada una debía alejarse hacia un lado del parque para acotar los límites y acabar antes: Lucía gritaba y Frida gritaba, y aunque todas las personas y los perros de su alrededor las miraban, ninguno era Rayo.

24
Estamos en un buen lío

Después de una hora buscando, Lucía regresó al punto de inicio con la esperanza de que Frida hubiera encontrado a Rayo. Aunque de haber sido así su amiga la habría llamado para darle la gran noticia, prefería engañarse y pensar que se le habría acabado la batería o cualquier otra excusa que dejara inservible su móvil.

En la distancia distinguió a Frida acercándose solo con Álex. Maldición... Nieve había estado al lado de Lucía todo el rato y al ver a su compañero corrió a saludarlo moviendo la cola.

—¿Nada?

—Nada.

—Ya no sé dónde más podemos buscar.

Lucía se sentía fatal. Habían perdido a un perro y el pobre debía de estar asustado buscando a su ama. Por lo menos, como era mayo, no hacia nada de frío...

—Pues no podemos volver sin él.

Comenzaron a caminar hacia otra parte del parque por la que no habían paseado antes. Un pequeño lago se expandía a un lado y varias barcas flotaban en las aguas verdosas transitadas por patos y alguna que otra paloma confusa. Algo más adelante, una especie de pérgola de madera cobijaba algunos bancos y mesas para hacer un picnic.

—¡Chicas! ¡Chicas!

Desconfiadas, miraron primero de reojo hacia la voz, manteniendo la distancia. La voz provenía del techo de la pérgola: un hombre agarrado a la madera movía la mano que sujetaba un martillo en dirección a ellas. Lucía cogió a Frida del brazo y la obligó a pararse.

—Creo que nos llama a nosotras.

—Será un pirado. Empieza a ponerse el sol y salen todos juntos aquí en el parque. Venga, que tenemos que encontrar a Rayo.

Lucía le hizo caso y continuó caminando a su lado sin perder de vista al hombre. De pronto, este descendió de la pérgola dejándose caer por uno de los postes y se acercó a ellas todo lo rápido que pudo.

—¡Eh! ¡Perdonad! —volvió a gritar ya plantándose delante de las chicas, que se lo quedaron mirando extrañadas.

Iba vestido con un mono azul, una gorra y un chaleco reflectante amarillo con el dibujo de un martillo en la espalda. A pesar de su agilidad, debía de tener ya edad de jubilarse. Un bigote cano y espeso le cubría gran parte de la boca.

—No quiero asustaros.

El extraño se quitó la gorra mientras hacía tiempo para recuperar el aire tras la carrera.

—Tranqui. ¿Se ha perdido? —le preguntó Frida señalando el chaleco—. Así seguro que le encuentran. ¿Ves? Tendríamos que haberle puesto uno de esos a Rayo —dijo a Lucía.

El hombre sonrió bonachón.

—De eso precisamente quería hablaros.

—¿Del chaleco? —le preguntó Lucía.

—¡No! ¡Del perro!

La chica abrió tanto los ojos que creía que se le iban a salir de su sitio.

—¿Lo ha visto? ¿Ha visto a Rayo? —preguntó Lucía impaciente.

—Supongo que Rayo es el perrito que andáis buscando. ¿Es pequeñito con manchas negras y una pelota en la boca?

De repente le entraron unas ganas terribles de llorar: imaginaba al perro perdido por su culpa, indefenso... Debían haber estado más atentas.

—¡Sí! ¿Dónde está?

—¡Pues allí! Míralo qué contento.

Señaló a un grupo de niños que había formado un corro junto al lago y tiraban la pelota a un perro que, efectivamente, era Rayo. Lucía no se lo podía creer: ¡ahí estaba! Fue hacia el corro de niños, se coló entre ellos y cogió a Rayo en brazos para estrujarlo. ¡Qué mal rato había pasado! El perro soltó la pelota para darle un lametón en toda la cara. Vio que Frida la miraba desde lejos asintiendo con la cabeza: definitivamente, su relación con los perros había cambiado, como tantas cosas en las últimas semanas...

Sin soltar a Rayo, recuperó la pelota del suelo y se despidió de los niños, que protestaron porque querían seguir jugando con él. Se aproximó a Frida, que continuaba hablando con su salvador. El hombre les explicó que las había visto hacía un rato desde el otro lado de la pérgola, gritando en el parque, y luego vio al perrito aparecer por allí solo, ató cabos y comprendió que lo buscaban.

—Muchísimas gracias, señor —le dijo Lucía.

—De nada, bonita. Me llamo Mateo.

El hombre alargó la mano y se la ofreció a Lucía, que se presentó agradecida después de dejar a Rayo en el suelo sujeto con la correa: no volvería a soltarla nunca. Frida también le dio las gracias.

—No sé qué habríamos hecho sin su ayuda.

—Por suerte, no habéis tenido que comprobarlo. Tomad, por si alguna vez necesitáis que os vuelva a echar una mano.

El hombre les ofreció una tarjeta en la que se leía «Mateo Ruiz, carpintero artístico». Sin que hiciera falta que le preguntaran, Mateo les explicó que arreglaba la pérgola del parque, que estaba medio arruinada porque nadie se había preocupado por conservar la madera viva, cuidándola con los aceites y el mantenimiento indispensables.

—¿Trabaja para el Ayuntamiento? —le preguntó Lucía.

El hombre se rió.

—No tengo ya edad de trabajar, pero tampoco sé estar parado y no es que me sobren los compromisos. Así que, como adoro mi profesión, de vez en cuando hago estos trabajitos... por libre. No hay nada que una lija y un buen martillo no arreglen.

Lucía y Frida quisieron saber qué significaba eso de ser carpintero artístico. Mateo les explicó que su profesión exigía mucha imaginación, como la de escultor. ¿No se habían fijado nunca en los adornos de un marco, por ejemplo? Hablaba de la madera con el mismo amor y mimo que la señora Bosco hablaba de sus perros, como si no les quedara nada más a lo que ofrecer su cariño y su tiempo. Al pensar en ella, las chicas cayeron en que ya llevaban cerca de dos horas paseando a los perros y tenían que regresar antes de preocuparla más.

—Es que no somos las dueñas de estas ricuras —se justificó Frida.

—Pues cualquiera diría que los queréis como si lo fuerais.

Mateo señaló a Nieve, que se había puesto de pie para solicitar la atención de Lucía mientras Rayo la miraba moviendo la cola desde el suelo: se había olvidado de que seguía llevando la pelota del perro en la mano. Álex se había convertido en una prolongación de Frida, tumbado encima de sus pies y con el hocico apoyado en sus dos patazas cruzadas.

—Hasta pronto.

Las chicas se despidieron del carpintero, que regresó a su pérgola para terminar el trabajo que tanto amaba.

Mientras se alejaban del parque, Lucía y Frida compartieron la certeza de haber conocido a alguien de lo más especial. Y también la sensación de que tarde o temprano lo volverían a ver.

Inicio Perfil Mensajes Gente Videos Buscar subir fotos

MARTA: Oy no s 1 buen dia

LUCÍA: Ke a pasado?!

FRIDA: Abla!

MARTA:

BEA:

MARTA: Kellen y Viveka san

FRIDA: Pq?

MARTA: X la fiesta d dl domingo

LUCÍA: T lo pasast bien?

MARTA: Sí, xo m prdi su concierto

BEA: X 1 q no vayas...

LUCÍA: Sn majos, ya s ls pasara

MARTA: Eso spro. Mirad foto

BEA: Xrecn majas

MARTA: No tan mal. Xo m lo paso mjor con Kellen i ls dmas.

LUCÍA: Triunfo tu tarta?

MARTA: Ni m dio tiempo a probarla!!

BEA:

MARTA: Lo consguirms!

FRIDA: ZR4E!

25
¿Me he hecho invisible?

Esa semana fue pasando mientras las chicas hacían juegos malabares para acabar los trabajos de clase al tiempo que continuaban maquinando la manera de hacer visible el rastrillo. El número de asistentes a la fiesta de Marisa continuaba creciendo, mientras que en su evento de Tuenti no había más que unos pocos apuntados. Confiaban en que cuando Santi emitiera el anuncio en su programa, la cosa cambiaría. Eso sería a partir del viernes a media tarde, justo a una semana del gran acontecimiento, pues el experto les había explicado que los últimos días antes del evento eran los más eficaces, si no la gente se olvidaba. También habían acordado colgar una lona gigante en el barrio de Bea indicando cómo llegar a la casa. Su primo trabajaba en el Ayuntamiento y les había rellenado todos los papeles necesarios para que les dieran los permisos. Lucía se había comprometido a tener las letras dibujadas para pintarlas todas juntas el sábado, cuando quedaran para seleccionar también todo lo que venderían. Faltaba MUCHO trabajo por hacer todavía, y ya estaban a jueves...

—¿Te aburren los adverbios, Lucía?

La voz irritante de la Urraca la distrajo de sus cavilaciones. La miraba a través de esos ojos de ave mientras señalaba la pizarra con sus uñas rojas. Tan absorta estaba en sus planes que no se había dado cuenta de que la pizarra estaba llena de palabras que sus compañeros se habían encargado de ir colocando en las casillas de: tiempo, lugar, cantidad, modo, afirmación, negación y duda.

—No, profesora U... —se contuvo antes de decir «Urraca» y corrigió por—: Julia.

—Entonces levántate y anda, como dijo Nuestro Señor.

La Urraca caminó hacia ella y le entregó la tiza. Después le indicó que colocara el siguiente adverbio en la casilla correspondiente: «ya». Lucía miraba la pizarra y las distintas casillas sin saber qué responder. Se cruzó de brazos y se tomó su tiempo.

—Conservar la media alta es tan difícil como conseguirla, Lucía.

Lucía miró a la pizarra y se repitió el adverbio en distintas situaciones: «ya voy», es como «ahora voy»... Marcó entonces la casilla de tiempo convencida de que no se había equivocado. Fue a dejar la tiza en la pizarra cuando la Urraca volvió a hablar:

—¿Seguro? ¿Ya? —enfatizó mirándola fijamente.

Lucía se echó para atrás pegándose a la pizarra otra vez. Miró de reojo a Susana, que estaba al fondo. Había empezado a negar con la cabeza de forma disimulada.

—Susana, ¿tú también quieres mantener tu media?

Susana dejó de mover la cabeza y le pidió perdón en silencio. Lucía le hizo un gesto con la mano para disculparla, pero, como temía que la descubriera la Urraca, al final parecía que espantaba moscas.

Una mano se alzó en la primera fila, muy estirada, con los dedos apuntando al techo. Imposible...

—¿Sí, Marisa? —preguntó la Urraca a la reina de las Pitiminís.

—Sé la respuesta.

—Pero no es tu turno. Espera.

Marisa se mordió el labio y la Urraca se volvió hacia Lucía, que se giró de cara a la pizarra otra vez para revisar las distintas casillas con las clases de adverbios para asegurarse de que «ya» no encajaba en ninguna más... De paso, evitaría la cara de listilla que se le había quedado a Marisa. Pero aun de espaldas, oía perfectamente como la jefa de las Pitiminís golpeaba el pie contra el suelo. Estaba segura de que lo hacía para molestarla.

—No tenemos todo el día.

La Urraca se aproximó a Lucía y después le pidió que volviera a su sitio. Lucía obedeció con la cabeza agachada. Nada más sentarse, se dejó caer encima del libro.

—Presta atención, Lucía. ¿Marisa? Ahora sí puedes.

Marisa se levantó de la silla y caminó hacia la pizarra contoneando sus caderas como era habitual. Lucía, ya con la cabeza en posición vertical, distinguió una mueca de desaprobación en la cara de la profe. Pero eso no quitó que cuando Marisa señaló la casilla de «afirmación» le diera la enhorabuena tan sorprendida como ella. ¿Desde cuándo Marisa sabía más que Lucía?

El timbre sonó, pero no se movió del sitio. En lugar de salir pitando de clase como era su costumbre, volvió a dejar caer la cabeza sobre el libro y oyó a Marisa pasar por su lado dedicándole una de sus galanterías:

—Pringada.

Las voces que la siguieron no eran las de la Pitiminí, sino las de Frida y Susana, que habían corrido en su auxilio.

—Te ha tocado el adverbio más chungo —reconoció Frida.

—Y Marisa lo ha mirado en el libro, yo la he visto —la tranquilizó Susana.

—Aun así...

Fuera lo que fuese, Lucía debía ponerse las pilas a estudiar: mayo estaba tocando a su fin y el curso se terminaría en un mes justo.

—No puedo bajar la media de la evaluación pasada...

—Eso no pasará. Entre todas te ayudaremos.

Para cuando llegó la hora de comer, la preocupación de Lucía se había convertido en mal humor. En la clase de música le había tocado también una pregunta complicada que no había sabido responder, por lo que el Chorreras, a pesar de ser un hippy defensor de la paz, había optado por ponerle un negativo y pedirle que preparara para la siguiente clase un ejercicio extra. ¿Qué le estaba pasando?

Cansada de que todo le saliera tan mal, Lucía salió al pasillo. Pero al ver a Eric hablando tan pancho con sus amigos, le entró un no sé qué por dentro. Se había pasado toda la semana ignorándola, después de que le escribiera el e-mail el domingo. Por lo menos, podría haber respondido con monosílabos, pero ni eso. Así que, dejándose llevar por la rabia que sentía en ese momento, se acercó a él. No le importó interrumpir la conversación que estaba manteniendo con sus amigos. Ni que la miraran con caras raras.

—Tengo que hablar contigo.

Y por si no había quedado claro que no se iba a dar por vencida, cruzó los brazos delante de él. No se dejaría pisar.

—Id bajando, que ahora voy.

Los amigos de Eric se alejaron por el pasillo hacia las escaleras.

—¿Qué quieres?

Los dos se quedaron mirando en silencio. Lucía se tomó un momento para disfrutar de la vista. Era la primera vez que él le prestaba atención en muchos días y se le había olvidado lo bien que eso la hacía sentir. Con sus ojos verdísimos clavados en ella, se sintió menos enfadada, menos valiente. Tragó saliva antes de hablar:

—¿Por... por qué no me has respondido?

Eric arrugó las cejas.

—¿Qué tenía que responderte?

—**¡El e-mail!** —se le escapó, alzando la voz más de lo debido.

—**¿Qué e-mail?**

—El que te escribí el domingo.

—Yo no he recibido ningún e-mail tuyo desde hace un montón.

Lucía inclinó la cabeza sin comprender. ¿Le estaba mintiendo?

—Pues yo te he escrito uno.

—Pues a mí no me ha llegado —respondió él con voz tensa.

—¿Seguro?

Eric suspiró sonoramente y abrió las manos en un gesto de sorpresa. Aunque no dijo nada, ella comprendió lo que pensaba: Lucía, la que sí había mentido antes, le estaba acusando a él de ser un mentiroso. Al final cedió.

—Vale.

—Me voy a comer, que tengo hambre.

Y, sin más, Eric se marchó hacia donde se habían ido sus amigos. Lucía se encaminó hacia donde estaban las suyas, en la puerta de su clase, cuchicheando y sin quitarle los ojos de encima.

—¿Estás bien? —le preguntó Frida.

—No.

Lucía estaba deseando llegar a casa para revisar su correo y salir de dudas. Ni siquiera la clase de plástica de esa tarde le sirvió para encontrar su oasis mental, se lo había tragado enterito su mala suerte.

26

Un virus peligroso

Eric estaba conectado a Tuenti, la lucecita era verde, así que no había ninguna duda. ¿Qué hacía? ¿Le escribía o pasaba?

Al llegar a casa ni siquiera se había entretenido en su sándwich de Nutella y su vaso de leche en la cocina, necesitaba revisar el correo. Así que había secuestrado la merienda y se la había subido a su cuarto, haciendo equilibrios para no derramar la leche del vaso e ignorando las quejas de su madre sobre lo que opinaba de comer en la habitación. Aun a riesgo de que María la persiguiera, había recorrido el pasillo como un torbellino, entrado en su cuarto, apartado la ropa de la silla que tenía delante del escritorio y encendido el ordenador en dos segundos.

Sin dejar de dar bocados a su delicioso sándwich, abrió el correo y seleccionó la carpeta de los e-mails enviados. Efectivamente, ahí estaba, el que había intentado enviar a Eric. Con el asunto «Qué tal?» había uno y, para su sorpresa, su destinatario no era Eric, sino Erica, su prima de Madrid. Solo de pensar que aquella presumida tres años mayor que ella había podido leer el correo le entraban ganas de vomitar. Deliberó rápidamente que si su prima no le había dicho nada al respecto (y Erica no era precisamente de las que se callaban) era porque no había leído todavía el correo. Había una manera de evitar que lo hiciera: creó un correo nuevo y en el asunto puso en letras mayúsculas **URGENTE**. A continuación, escribió:

> Queridos todos:
> Un virus ha entrado en mi correo y ha enviado spam a todos mis contactos. Si os llega un e-mail con el asunto «Qué tal?», no lo abráis si no queréis quedaros sin cuenta. ¡A mí casi me pasa!

Sabía que su prima se cagaría de miedo y borraría el mail directamente: asunto resuelto. Pero todavía tenía otro pendiente: Eric. ¿Le hablaba o no le hablaba por el chat? Se echó en la silla para atrás, como para tomar distancia. Se dijo que esperaría dos minutos por si él decía algo primero, también cabía esa posibilidad. ¿Por qué no?

Esperó un minuto y nada. Abrió el Spotify y empezó a sonar «Try», de Pink. Esperó otro minuto mientras borraba todo el spam y revisaba las últimas actualizaciones del perfil de Tuenti de Marta: debía de haber hecho las paces con Kellen y Viveka, porque su estado decía «Al final ha salido el sol», y los dos hacían comentarios simpáticos en español indio del estilo de «las nubes son débiles» o «se las llevó el viento».

Lucía volvió al chat y se decidió al fin a escribir a Eric. Tenía que intentarlo, tal como decía la canción de Pink:

Ke tal?

Eric estuvo sin responder un rato, durante el cual Lucía creyó volverse loca mientras hablaba sola con un monitor que parecía haberse congelado. Ella le preguntaba por qué narices no obtenía su respuesta y él permanecía quieto y callado. Luego, llegó:

Bien. Tu?

Aunque parco en palabras, por lo menos le había escrito.

Tb

Silencio... Lucía aprovechó para levantarse y abrir la ventana de su cuarto. Notaba como si se fuera a convertir en una bola de fuego de un momento a otro. Estaban a finales de mayo, pero hacía un calor insoportable.

Sabía que Eric se merecía una disculpa por lo del correo, así que cuando volvió a sentarse se explicó lo mejor que pudo. Tecleaba rápido, pero tampoco quería enrollarse demasiado:

Xdon x lo d oy. L e-mail s lo nvie a mi prima.
ERICA

Silencio otra vez. Pues sí que le costaba a Eric hablar con ella... Y seguía sin entrar ni un poco de aire por la ventana. ¿Es que acaso había llegado agosto y no se había dado cuenta?

Cuando Lucía vio el icono con el ojo guiñado notó como si se quitara veinte capas de ropa de encima. Quizá conseguía arreglarlo y todo...

Ke dcia l e-mail?, preguntó él.

Xrdon

Nviamlo, le pidió.

Ok.

M tngo ke ir. Mñna ns vms

Lucía se despidió con una carita sonriente y después reenvió a Eric el correo que le había enviado a su prima. Tendría que esperar al día siguiente para saber cómo estaban las cosas entre ellos, pero por lo menos un paso sí que había dado. Y bastante gigante.

A pesar de la enorme pereza que le daba, se obligó a empezar los deberes de mates del día siguiente. Además, también debería trabajar en los adverbios de lengua para que no volviera a pillarla por sorpresa la Urraca y sus insinuaciones, por no hablar del ejercicio extra de música... Estaba abriendo los libros cuando alguien llamó a la puerta, entrando sin esperar a que le diera permiso. Parecía haberse convertido en una costumbre. ¿Es que nadie la respetaba en ninguna de sus dos casas? Lucía se volvió dispuesta a echarle la bronca a su madre, pero, en vez de ella, Frida y Bea la miraban desde el umbral con las mochilas en sus hombros y una sonrisa de oreja a oreja:

—¿Qué hacéis aquí?

—¡Vaya, qué bienvenida! ¿Nos vamos? —preguntó Frida a Bea, que empezó a reírse.

—Que no, nena, es que no me lo esperaba. ¿Pasa algo?

—Pasan tus notas. Venimos a echarte un cable.

Frida se dejó caer sobre la cama, Bea la siguió y colocó su mochila azul celeste en el suelo con algo más de cuidado. Lucía se levantó y fue a abrazar a sus amigas, las mejores del mundo. No había hecho ni falta que les pidiera ayuda, ellas mismas se la ofrecían. Bea aceptó el abrazo encantada, pero Frida se deshizo rápidamente alegando que no había tiempo para cursiladas. Solo tenían unas horas antes de la cena, y Frida tenía que ir a casa porque su madre había hecho canelones, y los canelones eran sagrados. Sacó el libro de mates de su mochila y lo estampó encima de la cama.

—¡Empieza la lección! —anunció recogiéndose la coleta y remangándose las mangas de la sudadera para hacerse la dura.

Así no había quién le llevara la contraria.

27
Vaya par de canguros

Eric y Lucía se encontraron por la mañana en la entrada del colegio. Él debía llevar un rato esperándola, apoyado sobre la verja del recinto con los cascos del móvil puestos y la cabeza agachada hacia delante con todo el pelo cayéndole en la cara. Lucía le puso la mano en el hombro para asegurarse de que no se había quedado dormido y le pegó un susto de muerte.

—Hey —dijo él disimulando.

—Hey —dijo ella aguantándose la risa.

Juntos se encaminaron hacia las clases. Lucía avanzaba con la mano estirada, procurando rozar la de él de vez en cuando para animarlo a cogérsela. Después de un par de intentos, notó como los dedos de Eric se entrelazaban con los suyos. Volvió el hormigueo en la tripa que tanto había echado de menos. Caminaron así, cogidos, por los pasillos. Algunos alumnos los miraban envidiosos, sobre todo las chicas, y Lucía sonreía orgullosa. ¡Eric estaba con ella!

—Esta tarde, después de pasear a los perros con Frida, hago de canguro de mi hermana —anunció Lucía, que se había pasado la noche maquinando un plan.

—Ah, ¿sí?

—Si quieres, puedes acompañarme.

Eric la miró sorprendido.

—¿A tu padre le parece bien?

—Claro, le diré que tenemos que estudiar. —Lucía le guiñó un ojo y Eric asintió, comprendiendo. Ella le explicó que además iban a emitir el anuncio del rastrillo en la radio y que así podrían escucharlo juntos.

—Vale.

Eric cogió más fuerte la mano de Lucía. No se separaron hasta llegar a la puerta de las aulas, donde les esperaban sus amigos.

—Luego nos vemos.

Lucía le dio un beso en la mejilla y notó que ardía tanto como la suya. Parecía que hacía mil años desde la última vez... Al compartir sus planes con las chicas, estas comenzaron a gastarle bromas.

—Seguro que estudiaréis mucho...

Frida le dio un codazo y empezó a soltar besos en el aire mientras Raquel, Susana y Bea la imitaban con voz empalagosa diciendo «Lucíaaa, te quierooooo. Eeeeeric, te quierooooo». Lucía las mandó callar sin poder disimular la risa tonta que le había entrado. Aunque no lo reconociera, ella también había pensado en esa posibilidad mientras planeaba la tarde con Eric. Quizá ese era el día y recibía su primer beso al fin. ¡Qué vergüenza!

Así que se pasó el día entero imaginando cómo sería estar tan cerca de él, a qué sabrían sus labios, si también sería su primer beso... Ese pensamiento la puso algo nerviosa: ¿y si era todo un experto mientras que ella no llegaba más que al nivel de novata? Se apuntó mentalmente lavarse los dientes después de merendar por si acaso. Y también buscar en Google algún consejo útil sobre el tema.

Ya por la tarde, cuando su padre y Lorena estaban saliendo por la puerta para ir al médico a hacerse su ecografía, Lucía notó que a David se le dibujaba un gesto poco alegre y más tirando a preocupado (de lo más raro en él). Debió de recordar que su niña iba a quedarse a solas con un chico (y su hermana, aunque eso no contara). Así que se acercó para darle un beso y recordarle cuánto lo quería: quizá eso conseguía tranquilizarlo. David acabó marchándose a regañadientes. Se le notaba que se estaba tragando algunos consejos y no precisamente sobre cómo debía ser el primer beso de Lucía. Volverían para la cena.

—¿Te vas a portar bien?

Aitana la miraba desde su altura, a su lado, con una muñeca cogida en la mano.

—Yo siempre me porto bien.

Aitana se dio media vuelta para volver a su cuarto y ella aprovechó para preparar la sala colocando bien los cojines del sofá y dejando a un lado los libros que había sacado de la mochila (más de decoración que otra cosa). Después se miró en el espejo de la entrada; quería asegurarse de que se viera lo suficientemente informal sin parecer dejada: unos tejanos, una camiseta verde de media manga y una chaqueta de punto negra. Se pellizcó las mejillas, comprobó que sus dientes estuvieran impecables y se puso gloss de melocotón en los labios. Eric llegaría en unos minutos.

—**¡Lucía! ¡Lucía!** —gritó Aitana desde su cuarto.

Salió corriendo para ver qué le pasaba. Aitana estaba sentada en la alfombra con las Barbies tiradas por el suelo y toda la ropa del armarito de muñecas desperdigada también.

—¿Jugamos? —le preguntó ofreciéndole la Barbie morena.

—Ahora no puedo, cariño. Está a punto de llegar un amigo y vamos a estudiar. Pero mañana vienen mis amigas a preparar los disfraces del rastrillo y nos tienes que ayudar, ¿eh?

Aitana arrugó la nariz y volvió a sus muñecas.

—No sé si tendré tiempo...

Lucía sonrió ante la ocurrencia de la niña y salió del cuarto para cerciorarse de que en la sala todo estuviera en orden. Encendió la lámpara de pie que estaba al lado del sofá y apagó los ojos de buey del techo. Así tendrían más intimidad.

El sonido del timbre la sobresaltó. Respiró hondo y caminó hacia la puerta aparentando estar supertranquila. Al abrirla se encontró con Eric: estaba buenísimo, para variar. Llevaba su cazadora tejana sobre una sudadera de color azul oscuro y unos tejanos caídos sobre las deportivas negras.

—Hola.

Eric se acercó a ella para darle dos besos, que Lucía recibió encantada. Olía a jabón de ducha. Juntos entraron en la sala y allí se encontraron con Aitana, que los miraba con gesto ceñudo. Eric la saludó con su mejor sonrisa:

—¿Tú eres Aitana? Eres mayor de lo que me habían dicho.

—Mentira. Soy pequeña, ¿no me ves?

La niña dio una vuelta sobre sí misma. Eric se rió y Aitana resopló, quejándose de que no sabía qué le hacía tanta gracia. Lucía la acompañó a su cuarto para que siguiera jugando con sus muñecas y después regresó a la sala, donde Eric permanecía de pie en el mismo sitio donde lo había dejado.

—¿Quieres un refresco?

—Sí, una Coca-Cola está bien.

Lucía entró en la cocina y salió al poco con dos latas. Eric seguía en el mismo sitio de pie.

—Puedes sentarte, tranquilo.

—Gracias.

Los dos tomaron asiento en el sofá y colocaron las latas sobre dos posavasos. Entonces Lucía recordó que en un rato emitirían el anuncio del rastrillo en la radio y se adelantó sobre la mesilla de centro para coger el mando del equipo de música del cajón y encenderlo. En ese momento, sonaba la voz de Santi en la radio: estaba haciendo una entrevista a un cantante que a Lucía no le sonaba de nada. Recordó su aventura en la emisora y se la explicó a Eric. Se quitó la chaqueta de punto porque se notaba acalorada, serían los nervios. No paraba de pensar en temas de conversación para que no llegara ningún silencio incómodo.

—¿No teníais que estudiar?

Aitana apareció al lado del sofá. Llevaba a Barbie y a Ken en la mano. Lucía miró a Eric y le hizo una mueca para darle a entender que le siguiera la corriente.

—Sí, los libros están aquí, ¿no los ves? —Señaló los libros que tenía arrinconados en una esquina de la mesa de centro.

Aitana miró a Eric y le preguntó directamente:

—¿Tú eres el experto en cigüeñas?

Lucía dio un respingo y antes de que pudiera decirle a Eric que no le siguiera la corriente a la niña, respondió que por supuesto era un gran entendido, en cigüeñas.

—Vale. Pues explícame cómo las entrenas para que lleven a los bebés desde París hasta su casa.

Eric se quedó blanco. Aitana tomó asiento en la butaca colocada al lado del sofá dándose impulso con las piernas y empujándose con las manos, pero sin soltar a sus muñecos. No parecía dispuesta a marcharse sin obtener su respuesta. Se quedó mirando a Eric expectante. El chico miró a Lucía, que negaba con la cabeza y se tapaba la cara con las manos. Aquello iba de mal en peor: nada estaba saliendo como había planeado. Santi había puesto una nueva canción en la radio, «Fácil», de Maldita Nerea.

—Ahora tenemos mucho que estudiar, Aitana —dijo Lucía con voz cansada.

—Pues yo mañana también estaré muy cansada y no podré ayudaros con los disfraces —soltó la niña levantando mucho la cabeza.

Lucía no podía creer que la enana estuviera haciéndole chantaje. Miró a Eric incrédula y él sonrió encogiéndose de hombros. De acuerdo, montarían toda esa película para su hermanastra. Así que, puestos a soltar una mentirijilla, habría que adornarla bien. Lucía empezó el espectáculo con lo primero que se le ocurrió: cogió el mando del equipo de música y se lo colocó como si fuera un micro.

—Bienvenido a nuestro programa sobre aves, entrenador Eric.

—Es un placer estar aquí con vosotras. —Miró a Aitana y la niña se sonrojó. El efecto Eric no pasaba desapercibido a nadie.

Lucía comenzó a preguntarle por el tipo de entrenamiento que solía hacer a las cigüeñas para que estuvieran tan sanas y fuertes, y Eric parloteó sobre ejercicios y pesas. Los dos hacían auténticos esfuerzos por tragarse la risa que amenazaba con salir en cualquier momento.

—Para que las alas sean resistentes, tienen que hacer pesas pequeñitas, de su tamaño.

—¿Y para que hagan viajes tan largos?

—Cada día les hacemos dar varias vueltas al cielo de nuestro campo de entrenamiento.

Aitana escuchaba la conversación muy atenta. De vez en cuando fruncía el ceño, también abría los ojos al oír algo demasiado inverosímil. Al terminar las explicaciones, Lucía le preguntó si tenía alguna pregunta que hacerle al entrenador antes de acabar la entrevista.

—No, ya veo que la historia de la cigüeña es una tontería.

Lucía intentó arreglar la situación:

—¡Qué va! Yo he estudiado todo eso en clase.

—Ya... Pues hoy Cris me ha dicho que los papás hacen a los bebés mientras duermen, y creo que tiene razón ella. Os dejo que estudiéis, porque como os sepáis todo igual de bien que esto...

Aitana se puso en pie y se dirigió a su cuarto apretando a sus muñecos. Lucía y Eric se quedaron alucinados con la desenvoltura de la niña. Ya solos, no podían parar de reírse.

—Creo que ha salido más lista que yo.

En ese momento comenzó a sonar en la radio un tema de David Gueltta que le era familiar.

—¡El anuncio!

Subió rápidamente el volumen con el mando para oírlo bien. Eric le cogió la mano y ella se la acarició con el pulgar mientras se quedaban callados por primera vez desde que él había llegado.

Había quedado espectacular, Frida y Raquel hacían mucha gracia y las músicas estaban muy bien escogidas. Lucía se movía inquieta en el sofá: ¡estaba eufórica! Cuando acabó el anuncio, bajó el volumen de la radio y se disculpó un momento a Eric para coger el móvil: quería escribir un mensaje por WhatsApp a sus amigas felicitándolas por el trabajo en equipo. Después lo silenció, sabía que no iba a dejar de pitar en toda la noche y tenía que aprovechar ese momento de intimidad con Eric, ya que al fin se habían quedado a solas.

—Se te ve muy feliz.

—¡Es que lo estoy!

Eric cogió la lata de Coca-Cola y le dio un sorbo antes de dejarla sobre la mesa otra vez. Después no volvió a recostarse en el sofá, se quedó inclinado hacia delante y miró a Lucía fijamente. Sabía lo que estaba a punto de suceder, llevaba esperándolo mucho mucho tiempo. ¿Y si lo hacía mal? Eric se aproximó a ella lentamente sin dejar de mirarla. Esos ojos verdes se hacían más grandes por momentos y le parecían todavía más bonitos así. Lucía sentía como el calor le subía por el cuello hasta las orejas a medida que lo notaba más cerca, y el corazón... el corazón le iba a mil. Apartó todas sus dudas. Frunció la boca levemente y cuando notó sus labios sobre los suyos cerró los ojos y se dejó llevar. Eran cálidos y suaves, y no podían saber mejor: a Coca-Cola. Fue perfecto.

Desde la radio, Santi anunciaba las llamadas que estaba recibiendo para preguntar por el rastrillo del anuncio: no había duda de que iba a ser todo un éxito.

De: Marta (lapoetisamarta@hotmail.com)
Para: Lucía (let'sdance@hotmail.com), Frida (arribaFrida@hotmail.com) y Bea (doremi@hotmail.com)
Asunto: Re: Besos de anuncio
Adjunto: galleta.jpg

¡ENHORABUENAAAAAAAA!

¡Cuántas cosas para celebrar! Lucía, quiero más detalles de ese superbeso. ¿Cuánto duró? ¿Qué sentiste? ¿Después vinieron más? En tu honor hoy he hecho estas galletas de besos, ¿os gustan? Las voy a repartir en el centro. En la parte de atrás pone la página de Facebook de Süße Snacks para que a quien le gusten pueda encargarme más. ¡Creo que entre todas vamos a alcanzar el precio de la matrícula muy pronto! Kellen y Viveka me acompañarán en la aventura, ya hemos hecho las paces. Mañana voy a un concierto que harán en el parque como parte de un minifestival de música. Así les recompenso por el que me perdí la semana pasada.

Millones de besosssss,

ZR4E

28

Pintando espero...

El color de la nariz de Bea era el mismo que el de sus calcetines: rojo. Lucía acababa de darle con la brocha para dejársela como la de un payaso. Así ya tenían todas la nariz pintada. Bea se estaba mirando en un espejo de bolso que Lucía había encontrado en una de las cajas que habían llevado sus amigas con todas las cosas que habían podido reunir para el rastrillo.

—Esto se irá, ¿no? —preguntó, refiriéndose a la pintura.

—¡Y si no ya tenemos otra cosa a la que dedicarnos para sacar pasta! —bromeó Frida quitándole el espejito a Bea para mirarse ella.

Las chicas se partían de risa. Les faltaba por pintar las dos últimas letras del cartel que habían preparado para colgar de los postes de electricidad en el barrio de Bea. Después iría una capa de pintura impermeable para que resistiera y no se corriera nada en caso de mojarse. El cartel era una lona grande que habían extendido en el suelo de la cocina del padre de Lucía. Mejor allí que en casa de su madre: María se habría pasado la mañana limpiando restos de pintura de todas partes. Por eso no había puesto inconveniente alguno en que Lucía pasase ese fin de semana en casa de su padre, a pesar de que también había estado allí el anterior.

Susana y Raquel daban los últimos retoques al cartel mientras las demás separaban las cosas útiles de todo lo que no les serviría de nada. Lucía tenía la cabeza un poco en otro sitio, y las demás aprovechaban cualquier despiste para meterse con ella. Cuando Frida se quejó de haberla llamado tres veces para preguntarle dónde colocaba una caja llena de objetos inútiles (cuadros, teléfonos viejos, revistas antiguas y billetes de pesetas rotos...), Lucía la miró con cara de tonta y suspiró sonoramente: no podía dejar de repetirse mentalmente el beso que le había dado Eric la noche anterior. ¡Había sido perfecto! Todavía le duraban las cosquillas en el estómago.

—¡A ver si nos centramos!

—Déjame disfrutar, leñe...

—Si yo te dejo, pero luego no me digas que tu cocina ha quedado hecha un asco.

—Vale, vale, perdón...

Lucía puso las manos en forma de ruego. Luego cogió la caja, la dejó en una esquina para que no entorpeciera el paso y volvió a sentarse para continuar seleccionando cosas.

Aitana apareció de repente y les pidió que le pintaran también a ella la nariz de payaso. Después fue a la nevera a por un Mini Cono de chocolate y nata y se quedó mirando a las chicas en silencio.

—¿Nos ayudas? —le preguntó Lucía, segura de que la pequeña estaba deseando participar a pesar de la mentira de la cigüeña.

—Está bien.

Aitana se sentó y se dio prisa en acabarse el helado. Lucía le dio una servilleta para que se limpiara el chocolate de las manos y comenzó a explicarle:

—En estas cajas está la ropa y en estas otras los complementos. Ve haciendo combinaciones y yo las dibujo, ¿vale?

La niña asintió y comenzó a sacar cosas mientras las demás esperaban que su magia las iluminara. Todavía no veían del todo claro cómo iban a conseguir sacar disfraces de todos aquellos retales.

—Una tortuga.

Aitana recuperó una mochila vieja de color verde, una camiseta del mismo color y unos pitillos. Lucía sonrió y comenzó a hacer el boceto en una libreta. Primero trazaba la figura con lápiz gris, después, con el color, destacaba las distintas partes

que la hacían parecer una tortuga. Bea sonrió y alabó el resultado, mientras que Frida observaba todavía callada.

—Una oveja.

Aitana seleccionó una chaqueta de piloto y le dio la vuelta, de manera que el interior de lana de borrego quedara por fuera. Después buscó en la caja de complementos una diadema con dos lacitos de color rosa y los abrió haciéndolos un poco más grandes. La niña lo hacía todo sin esfuerzo, como si aquellas asociaciones fueran lo más evidente del mundo. Lucía esbozó la figura humana vestida con esas prendas y después, con los colores, superpuso la visión de una oveja.

—Increíble —reconoció Frida al fin.

Susana y Raquel levantaron la vista de la lona. Tan absortas estaban con la pintura que no se habían percatado de nada.

—¿Eso es la diadema de mi hermana pequeña? —preguntó Raquel reconociendo el objeto.

Aitana la miró muy seria y le respondió:

—No, tontaina, son las orejas de la oveja.

Y después continuó obrando la misma magia como si nada. Las chicas la miraban embobadas y la niña sonreía orgullosa de ser el centro de atención. De vez en cuando le proponían alguna combinación posible que ella rechazaba sin tregua mientras las acusaba de tener muy poca vista.

—A ver, ¿en qué se parece esta bufanda al cuello de un avestruz? —les decía echándoles la bronca.

—¡Pues a mí me lo parece! —Frida defendía su criterio.

Para conseguirlo, se colocó la bufanda alrededor del cuello y buscó un plumero viejo en la caja de cosas inútiles, que se puso en el trasero. Después comenzó a caminar por la cocina como si fuera un avestruz y las demás no podían reírse más alto. Incluso Aitana se desternillaba de la actuación de su aprendiz.

Así se les pasó la mañana con su creación de disfraces, hasta que Lorena les pidió que salieran de la cocina para que pudiera preparar la comida. Las chicas se tomaron un descanso antes de comer y se fueron al cuarto de Lucía. Se conectaron a Tuenti para ver cómo iban los apuntados al evento. El anuncio había sonado ya varias veces en la radio y los efectos tenían que empezarse a notar.

—Hemos crecido, pero la fiesta de Marisa sigue triplicando nuestros asistentes —protestaba Lucía dando vueltas sobre su silla reclinable.

—Vendrá mucha gente que no esté en Tuenti —sugirió Bea.

—Mi hermano mismo —dijo Susana.

Lucía se fijó en que las mejillas de Bea se encendían al oír hablar de Aitor. Estaba segura de que le gustaba, pero de momento no lo había compartido con ellas y tampoco quería atosigarla.

—No nos queda más remedio que esperar para averiguarlo —comentó Frida resoplando.

David las avisó cuando las albóndigas a la jardinera estuvieron preparadas, y las chicas pasaron el resto del día acabando de idear esos disfraces que exhibirían en su «Rastrillo de los sueños». Esperaban que, al menos, uno de sus sueños sí se pudiera cumplir y consiguieran todo el dinero que les hacía falta.

29
Bailemos a los nubarrones

Durante la semana siguiente los asistentes al rastrillo fueron creciendo poco a poco en Tuenti y, aunque no alcanzaban en número a los de la fiesta de Marisa, las chicas mantenían la esperanza de que la fueran a superar con creces. Bea había soñado que venía tanta gente que no cabían en su jardín, y Raquel explicó que los sueños muchas veces se convierten en anticipos de lo que está a punto de suceder: algunos estudios demostraban que había personas a las que se les cumplía exactamente lo que soñaban. Como una mujer que perdió dinero y tras soñar que lo encontraba en el fondo de un armario sucedió tal cual. La posibilidad de que Bea tuviera poderes sobrenaturales resultaba un poco increíble, pero a esas alturas las chicas se aferraban a un clavo ardiendo. Había que ser optimistas, ¿no? Como decía el padre de Lucía:

«Lo bueno atrae lo bueno».

Además, Santi seguía anunciando en la radio la cantidad de llamadas que preguntaban por el rastrillo. Todo iba bien, al menos eso era lo que Lucía se repetía cada dos por tres para acabar de creérselo.

Pero un nuevo contratiempo con el que no contaban puso en entredicho precisamente eso: el tiempo. Era jueves y las lluvias torrenciales parecían querer instalarse de por vida en esa zona de la Península. Llevaba cayendo agua desde el lunes, y los meteorólogos habían advertido que la borrasca probablemente se alargaría una semana más. Parecía que había llegado el fin del mundo. Lucía no sabía si ese fin estaba cerca, pero el de ir con Frida al campamento de verano parecía que sí. ¿Cómo iban a celebrar un rastrillo al aire libre al cabo de dos días?

Metidas todas en el comedor, evitaban la lluvia, aunque habían acabado ya sus platos y arrinconado las bandejas vacías sobre la mesa. No tenían prisa por abandonar el edificio; las opciones de ir a clase o empaparse en el patio no las convencían, y, a esas horas, el aula de estudio estaría ya ocupada. Así que se quedarían donde estaban hasta que sonara el timbre.

—¿Cómo demonios luchamos contra esto? —preguntó Lucía.

—Precisamente, parece cosa de demonios el tiempo que está haciendo —dijo Bea.

Justo en ese momento Marisa pasó por delante de su mesa para salir del comedor.

—¿Haréis el rastrillo en la piscina? —preguntó con crueldad.

Sam caminaba a su lado junto con dos Pitiminís más, que empezaron a troncharse. A las chicas no les dio tiempo a responder algo ingenioso, tenían la agudeza al lado de la esperanza, hundidas en un charco embarrado.

—Marisa nos ha debido de echar todo el mal de ojo que tenía... —se quejó Frida.

—Esa tía no sabe nada sobre los males de ojo. Se trata de una costumbre supersticiosa muy antigua, típica de algunos pueblos del mundo —negó Raquel.

—Sí, no creo que una cruz de Caravaca nos proteja de ella. —Susana le dio la razón.

—Entonces ¿qué?

Lucía miraba a sus amigas impaciente, buscando una respuesta que no llegaba.

—Bueno... —comenzó a decir Raquel—. Es una tontería...

—Estamos en crisis. Se aceptan también las tonterías. —Frida le dio permiso.

—A ver, hay algunas comunidades que bailan para llamar la lluvia para las cosechas. Pero también hay danzas antilluvia...

Las chicas se miraron unas a otras sin saber muy bien cómo reaccionar.

—¿Qué? —preguntó abriendo las manos—. Habéis dicho que en crisis cualquier cosa vale.

Lucía no veía aquello nada claro. Más bien le parecía una tontería (justo como las había advertido Raquel) que una danza pudiera influir en la meteorología. Conocía la expresión de «si cantas mal, lloverá», pero nunca había oído hablar de «si bailas bien, no lloverá». Sin embargo, la verdad era que estaban desesperadas, y que estaba dispuesta a hacer lo que fuera necesario por conseguir que todo saliera bien.

—Vale.

Las demás la miraron extrañadas al ver que aceptaba una idea tan descabellada.

—¿Alguien tiene otra solución?

Nadie supo proponer nada más. Así que cuando salieron de las clases se encontraron en el parque al lado del colegio. Aunque seguía lloviendo, eran cuatro gotas molestas. Escondieron las mochilas debajo de unos arbustos para que (por lo menos ellas) no se mojaran demasiado. Sin embargo, como el truco consistía en hacer la danza con el agua cayéndoles encima (según decía la experta), las chicas no tenían más remedio que mojarse al menos un poco.

Antes de empezar, Raquel clavó unas tijeras en la tierra en un acto que parecía más de vudú que otra cosa. Hasta que no sintió las miradas perplejas de todas no les explicó que se trataba de una costumbre maya para ahuyentar a la lluvia.

—¿Preparadas?

—No, pero qué más da —protestó Susana, que desde el principio no había dejado de repetir lo ridículo que era aquello. Después de todo, ella era la más racional de todas.

Aunque ninguna quería, las chicas acabaron colocándose detrás de Raquel y comenzaron a seguir sus pasos, bastante sencillos. La única música era la lluvia que empezaba a arreciar por momentos.

—Como agarre un resfriado verás qué bien —protestó Susana otra vez.

Caminaron primero hacia la derecha, después hacia la izquierda, todas en fila, levantando y bajando la espalda al tiempo que movían también las manos a un lado y al otro. Lo repitieron una vez y después otra, y otra más, hasta llegar a cinco. Si no, el ritual no tendría efecto (también según la experta). Lucía se aseguraba cada poco de que nadie pasara por allí y las viera hacer el ridículo de esa manera.

Al contar cinco, la lluvia volvía a ser otra vez de lo más intensa. Así que corrieron a recuperar sus mochilas para sacar los paraguas y marcharse de allí haciendo como si eso no hubiera pasado nunca. Sería su secreto. O eso creían ellas...

—¿No queréis que llueva? —preguntó una voz desde detrás de los arbustos.

Un paraguas de color rojo se movió hasta alcanzarlas haciendo visible a su propietario. Kay sonreía abiertamente.

—¿Nos estabas espiando? —le preguntó Frida abriendo su propio paraguas.

—¡No! Acabo de salir del colegio y me marchaba a casa cuando os he visto. Perdonad, no era mi intención...

—No se lo cuentes a nadie, Kay —lo interrumpió Susana.

El alemán prometió no contar la anécdota a cambio de que ellas le explicaran qué estaban planeando. Lucía y las demás le narraron toda la historia del campamento, del rastrillo, de la fiesta de Marisa, de la lluvia...

—¿Marta también irá al campamento?

Aunque lo sabían, ninguna tenía presente que Marta y Kay se conocían. Ella les había hablado tan mal de él que no lo veían como su amigo, y con Marta no había vuelto a salir el tema. Pero Kay no parecía tener un mal concepto de Marta, más bien todo lo contrario. Cada vez que pronunciaba su nombre, se le quedaba una expresión de lo más explícita, como si se le abrieran mucho los ojos y se le iluminaran con luz extra. No había duda de que Marta le gustaba. Debió de darse cuenta de que se le notaba y enseguida volvió a su sonrisa socarrona, que a esas alturas Lucía comprendía que era más una máscara que un rasgo del alemán.

—Entonces habrá que ir este verano a Cádiz —soltó como si estuviera bromeando.

No era mal tipo el alemán, aunque fuera de chulo. Lucía se lo diría a Marta cuando la viera: ella misma defendía lo de no juzgar a la gente por la apariencia, quizá podía darle una oportunidad... Se despidieron cuando oyeron el primer trueno en el cielo: él les deseó suerte con la lluvia y, secretamente, Lucía a él también con Marta.

Inicio Perfil Mensajes Gente Videos Buscar subir fotos

El mundo del revés

5 ME GUSTA

MARTA: Toy dicindol al sol ke vuelva a BCN!!!!

FRIDA: Ya pueds gritar...

BEA: Sguro q t scuxa

LUCÍA: Dislo n todos ls idioma s, x si aka

MARTA: + l vale acrm kaso

FRIDA: Yo t lo aria...

BEA:

LUCÍA: ZR4E!

30
Salvador a domicilio

—Se acabó. No hay nada que hacer. Ya intentaré ir al campamento el año que viene.

Frida anunció la noticia trágica que ninguna quería oír. Tumbado en la cama con ella, su perro Ricky le lamía las manos para darle ánimos. Bea y Lucía se asomaron a la ventana de su cuarto; quizá uniendo sus energías mentales conseguían que los rayos y truenos del otro lado desaparecieran. El cielo estaba oscuro y aunque era viernes por la tarde parecía ya casi noche cerrada. Estaba claro que ni las tijeras clavadas en el suelo ni la danza de la lluvia de Raquel habían causado efecto alguno en el tiempo, pues la semana había acabado y seguían igual.

—¿Y el dinero que tenemos no da para pagarlo todo? —preguntó Lucía.

—Yo tengo unos setenta euros por hacer de canguro —comunicó Bea satisfecha.

—¿Y de los paseos con los perros?

—Qué va. Ya sabes que esta semana de lluvias no los hemos podido sacar la hora entera —respondió Frida.

—¿Y las tartas de Marta?

—Ahora le preguntamos. Hemos quedado en conectarnos a Skype a las siete para hacer cuentas. Pero no creo que dé para tanto...

A Lucía le dolía ver a su amiga tan desanimada. Normalmente ella era la primera en confortarlas y empujarlas hacia delante, acostumbrada a hacerlo todo en equipo, quizá por el vóley. Pero esa lluvia tan densa había terminado con el empuje de golpe: el rastrillo que con tanto mimo habían planeado para el día siguiente no iba a poder celebrarse.

—Es la hora.

Frida dejó a Ricky hecho un ovillo sobre la almohada y se sentó en el ordenador para conectarse a Skype. Lucía y Bea se sentaron a los pies de la cama justo al lado del escritorio. Ese día, los calcetines de Bea eran tan negros como el cielo.

Frida ladeó un poco el monitor para que se las viera a todas. Marta estaba también conectada ya, así que marcó la videollamada y al momento la cara de su amiga asomó en el monitor. Llevaba dos coletas rubias y las gafas puestas, debía de haberse pasado la tarde leyendo alguno de sus libros interminables.

—Vaya caras... —dijo.

—Las que tenemos —protestó Frida.

—Todavía puede parar de llover —intentó animarlas, pero ninguna aceptó esa posibilidad.

A esas alturas, el jardín de Bea sería lo más parecido a una charca.

Marta abrió una libreta e hizo números para contabilizar el dinero que había conseguido reunir. Pero todas conocían la cantidad que necesitaban y sabían de antemano que era imposible haberla alcanzado ya. Frida fue a sacar de su mochila la libreta en la que iba apuntando todo el dinero reunido, y de entre los libros y papeles se cayó la tarjeta que Mateo, el carpintero artístico, les entregó hacía ya más de una semana. Lucía recordó aquel día: parecía todo perdido cuando no encontraban a Rayo y, de repente... ¡PAM! Se había arreglado. ¿Por qué no podía pasar algo así entonces también? Que apareciera un ángel salvador como Mateo y les ofreciera una solución.

—Yo os agradezco mucho lo que habéis hecho —comenzó a decir Frida—, pero me temo que...

—¡Espera!

Lucía cogió la tarjeta de Mateo. Las chicas la miraban como si se hubiera vuelto loca, y quizá un poco sí que lo estuviera, pero por intentarlo no perdía nada. Después de haber hecho una danza antilluvia, lo demás se quedaba corto.

—¿Recuerdas a Mateo?

—¿El carpintero? Claro, pero no creo que nos vaya a prestar la pasta que nos falta, la verdad —reconoció Frida.

—Ay, no, boba, no me refiero a eso. ¿Recuerdas qué estaba arreglando cuando lo conocimos?

—Una... —Frida la miró con el entrecejo arrugado antes de responder definitivamente—: ¿Pérgola?

—¡Exacto!

Marta protestó desde la pantalla del ordenador porque no se estaba enterando de nada. ¿Quién era Mateo? Bea le explicó la aventura de Rayo en el parque.

—¿Y si le pedimos que nos deje una pérgola para guarecernos dentro durante el rastrillo?

Lucía dirigía sus ojos hiperabiertos a sus amigas, esperando su apoyo.

—¿Eso aguanta bien la lluvia? —preguntó Bea.

Lucía se cruzó de brazos e inclinó la cabeza como si la respuesta a lo que acababa de preguntar fuera del todo evidente.

—¡Ay! ¡Yo qué sé!

—Puede funcionar... —le concedió Frida—. Pero ¿qué pasa con el suelo? Estará todo encharcado...

—Quizá Mateo también puede poner unas maderas o algo, no sé. ¡Yo no soy carpintero!

—Pues llamadle —intervino Marta.

Todas miraban a Frida como si la última palabra la tuviera ella.

—Dame el teléfono —ordenó al fin, señalando el fijo que estaba encima de su mesilla de noche. Lucía se estiró para alcanzarlo, se lo pasó y le dictó el número que indicaba la tarjeta.

—¿Mateo? Soy Frida. Necesitamos tu ayuda.

31
El jardín del Edén

En cuanto Lucía abrió un ojo por la mañana lo dirigió a la ventana. Tenía la persiana totalmente subida y a través de las cortinas de color violeta se colaba un leve rayito de sol. No, no podía ser... Había oído perfectamente cómo llovía. Sí que tendrían la pérgola al final, pero como cayera mucha agua sería poca la gente dispuesta a salir de casa para visitar un rastrillo. Mientras se daba una ducha rápida se obligó a pensar en positivo. ¿Acaso no existían los paraguas? Se vistió con el chándal para ir a desayunar.

—¿Has dormido algo? —le preguntó su madre al verla aparecer restregándose los ojos.

La noche anterior había sido demasiado larga. Después de que Mateo aceptara ayudarlas, las chicas, con la ayuda de sus padres, habían trasladado a casa de Bea todas las cosas que pondrían a la venta para que ya estuvieran preparadas a la mañana siguiente. Y una vez ya en la cama, como estaba nerviosa y no se veía capaz de dormir, Lucía había estado ultimando el catálogo de los disfraces.

—Sí, algo sí he dormido —respondió dando un bostezo.

—Ya verás, que en la tele han dicho que solo lloverá por la mañana.

José María le dejó las tostadas recién hechas encima de la mesa.

—Si aciertan...

—¿Seguro que el carpintero ese es de fiar? No se os vaya a caer el trasto ese encima —refunfuñó María.

—Ya estamos...

Lucía entornó los ojos. Se comió la tostada en tres bocados y se bebió el Nesquick de un trago antes de ponerse de pie. Tenía que prepararse...

—¿Quieres que te llevemos a casa de tu amiga?

—No, gracias, José María. Ya lo hablamos: hoy estaremos nosotras solas contra el mundo.

Lucía le guiñó un ojo sabiendo que el hombre se ofrecía con la mejor de sus intenciones. Pero las chicas habían acordado que no querían adultos en el rastrillo, a riesgo de que pudieran romper el efecto «soñador» que pretendían crear. Además, si le permitía acudir a su madre también tendría que concedérselo a su padre, y pasaba de estar pendiente de sus tensiones. Ese día tenía que concentrarse en otras cosas que no fueran su familia.

En su cuarto, encima de la silla, había dejado el disfraz que le tocaba ponerse: iba de margarita, con un top amarillo y un gran gorro de margaritas que había sido de su madre. También llevaba una chaquetita corta con flecos que parecían pétalos y unos leggins verdes. Se miró en el espejo de pie que tenía apoyado en la pared y dio varias vueltas para que los pétalos se movieran en el aire: no había quedado nada mal. Tenía que reconocer que Aitana había hecho un gran trabajo. Refugiada bajo un paraguas violeta, salió hacia la casa de Bea.

Más de un viajero del autobús le preguntó si se había retrasado el carnaval, y ella aprovechó para promocionarse, animándoles a visitar unos puestos en los que podrían encontrar cosas de lo más especiales. Se bajó justo donde Bea y su padre habían colgado esa misma mañana la pancarta.

Era muy grande y se leía perfectamente bien. Como habían añadido una capa de pintura impermeable, las letras todavía no se habían desdibujado. Les había quedado de lo más auténtica, no había duda.

La sonrisa de Lucía se mantuvo mientras caminaba hacia la casa de Bea, unas calles más adelante. No dejaría que la lluvia les estropeara nada. Ya desde lejos distinguió la furgoneta blanca de Mateo, reconocible por lo que estaba impreso en el lateral:

Carpintero artístico

A través de la valla de alambre que rodeaba el jardín, vio el trabajo de ese hombre que había vuelto a salvarles la vida: una pérgola de madera preciosa estaba ya montada en el centro sobre unas tablas de madera que harían de suelo improvisado durante ese día. Era lo suficientemente grande como para dar cobijo a las mesas y cajas con todo lo que estaban a punto de vender. A su alrededor, las flores de Bea de miles de colores lucían un aspecto esplendoroso gracias a la lluvia de los últimos días.

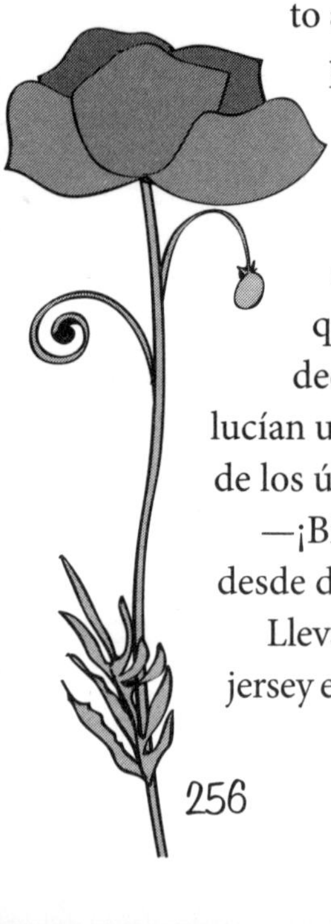

—¡Bienvenida! —exclamó Bea al verla llegar desde debajo de la pérgola.

Llevaba puesto su disfraz de amapola con un jersey escarlata y unas botas viejas de agua del mismo color. En la cabeza, un gorro de lana con la bola negra hacía de estambre. Habían quedado en que todas irían de flores para ir conjuntadas con el jardín.

—Qué avanzado está todo —dijo Lucía cerrando ya el paraguas.

—Frida ha venido muy temprano y entre todos...

Enseguida salió Frida del interior de la casa. Iba cargada con una caja y corría hacia la pérgola para no mojarse. Su disfraz era de orquídea: pantalones de gimnasia elásticos verdes dibujaban el tallo de la planta a través de sus largas piernas, y la vieja camiseta descolorida lila, la flor. Llevaba el pelo oscuro suelto y una diadema envuelta en lazo de color amarillo. Marcos salió detrás de ella cargado con una mesa y la colocó al otro lado.

—Me encanta tu pamela.

Frida descargó la caja delante de Lucía, que le sonrió y señaló con la cara a Marcos.

Está de un meloso... Ha empezado a ayudarnos sin que nadie se lo pidiera —dijo entre bisbiseos.

—A ver si se anima y te pide salir de una vez.

—¡Venga ya! Eso no va a pasar.

—¡Tú que sabes!

Lucía saltó sobre su amiga para chincharla, pero esta se escabulló en un movimiento rápido y Lucía acabó en el suelo de culo.

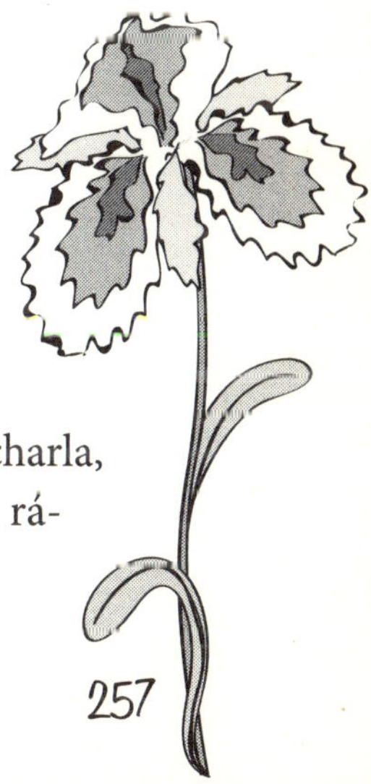

—Mira que eres bruta.

Se levantó rápidamente y se sacudió los leggins por si se los había manchado.

—Jamás podrás conmigo.

Frida se acercó hacia donde estaba el hermano de Bea y comenzó a charlar con él mientras colocaban marcos viejos encima de una de las mesas. Lucía fue a saludar a Mateo, que acababa de cuadrar las maderas del suelo. Iba con su mono azul, pero, esa vez, sin chaleco reflectante.

—Has vuelto a salvarnos, Mateo.

—Es un placer, Lucía. Me encanta vuestra idea. —El bigote le tapaba parte de la sonrisa.

—Espero que todos piensen como tú.

—Estoy seguro de que será así.

Mateo continuó con su trabajo ya casi acabado y Lucía comenzó a distribuir las prendas por las mesas. Poco a poco las chicas fueron llegando. Susana, con su disfraz de hortensia azul (su color favorito), y Raquel con el suyo de hibisco. También apareció Aitor, el hermano de Susana; él no llevaba disfraz, solo quería desearles buena suerte. Aunque la lluvia no dejara de caer.

—Esto os ayudará a crear ambiente. No lo vayáis a vender, ¿eh?

Aitor colocó en uno de los rincones un tocadiscos portátil que había llevado con él. Después seleccionó un disco de todos los que tenían a la venta y lo puso. Los Smiths empezaron a sonar, melancólicos, a juego con el tiempo. Las chicas le dieron las gracias y Lucía se fijó en la reacción de Bea, que se puso totalmente colorada y al final le prometió con voz titubeante:

—Lo cuidaremos bien.

—No lo dudo —respondió Aitor, dedicándole una sonrisa de lo más dulce.

No había duda de que entre esos dos estaba pasando algo. ¿Es que ella era la única que se había dado cuenta? Aitor se despidió de las chicas porque había quedado con unos amigos en el centro y se alejó de allí por donde había venido. Lucía aprovechó que se había quedado a solas con Bea un momento para preguntarle directamente. Le podía la curiosidad:

—¿Te gusta?

Bea la miró de reojo sin dejar de doblar unos guantes. Después asintió con la cabeza.

—Pero es raro, ¿verdad?

—Es como Susana, pero en chico y con el pelo más largo.

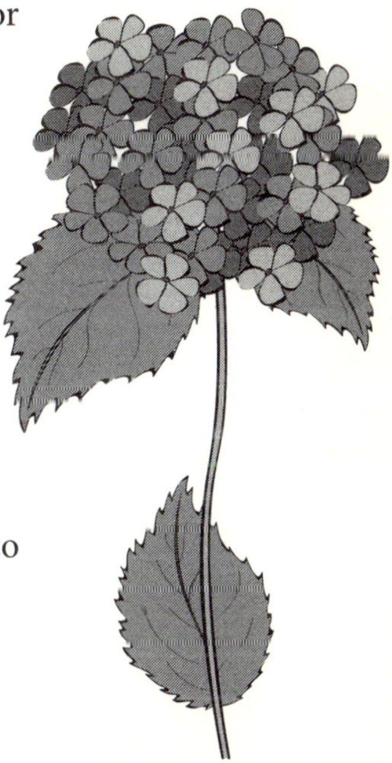

Bea se rió y Lucía le prometió guardar el secreto hasta que ella quisiera.

—Madre mía, mira quién ha venido —la avisó Frida de pronto.

Lucía miró a donde señalaba su amiga y se quedó con la boca abierta: Aída Bosco caminaba lentamente apoyada en un bastón y con un paraguas en la otra mano. Detrás de ella, Yocasta tiraba de las correas de Rayo, Álex y Nieve.

—¡No sabíamos que vendría!

Frida saludó con la mano a la señora y se abalanzó sobre los perros para darles un abrazo. No dejaba de resultar curioso que su amiga fuera más cariñosa con los animales que con las personas. Lucía, más prudente, dio dos besos a la señora y acarició las cabezas de los chuchos. Nieve le lamió la mano.

La señora Bosco se aclaró la voz antes de hablar.

—Quería ver qué era lo que tramabais.

Los ojos de Aída Bosco observaron muy abiertos la instalación y las prendas. Entonces se detuvieron en Mateo, que aguardaba en una esquina observando la escena con una sonrisa de oreja a oreja. Había acabado ya su trabajo y parecía estar a punto de marcharse.

—Veo que os han ayudado.

—Sí, él es Mateo, nuestro carpintero y ángel salvador —explicó Lucía.

Mateo se acercó tendiendo la mano y cogió la de la mujer. Ante los ojos sorprendidos de todos, besó la mano de la señora.

—Vaya, qué galante.

No debían de llevarse muchos años, a pesar de lo distintos que aparentaban ser: ella estirada, él un campechano. A la señora Bosco se le enrojecieron las arrugadas mejillas y Mateo se acarició el bigote. Lucía los miraba alucinada y dio un codazo a Frida para asegurarse de que también ella estaba viendo lo mismo. No podía ser... ¿Había saltado la chispa entre Aída Bosco y Mateo? Frida asintió como respondiendo a su pregunta silenciosa. Desde luego, el rastrillo empezaba a cumplir con su propósito de realizar sueños imposibles.

—Hola, Lucía. Qué bonito os ha quedado todo.

Lucía se volvió para encontrarse con Eric. Llevaba la cazadora tejana sobre una camiseta roja de Volcom y los tejanos caídos. Como se había mojado con la lluvia, llevaba el pelo rubio pegado a la cara. Estaba impresionante.

—Hola.

Se alejó con él de los demás sin salir de la pérgola. Eric se acercó un poco más a ella y le dio un beso rápido en los labios. Lucía miró a un lado y al otro para asegurarse de que nadie los estaba viendo. Casi la había hecho salir volando con alas invisibles de aquel jardín de ensueño.

—¿Nos vas a comprar un disfraz?

—¿Cuál crees que me quedaría bien? —le preguntó él tocando el ala del sombrero que llevaba ella.

—Éste no. Pero tenemos uno de lagarto que te quedaría estupendo.

Eric se rió y prometió comprarlo para contribuir a la causa. Volvieron juntos a donde estaba la ropa expuesta y ella le enseñó primero el catálogo y después las prendas. Parecía que habían llegado más personas resguardadas en sus paraguas.

—Ya hemos vendido cuatro —anunció Bea guardando el dinero en una cajita de metal que se cerraba con llave.

—Algo es algo.

Frida se ocupaba de la otra esquina de la mesa. Aprovechando que no atendía a nadie, fue al tocadiscos y cambió el disco de los Smiths por otro que también tenían a la venta y que era de un grupo llamado Scorpions. Todo aquello era parte del legado del padre de Lucía. Mientras Raquel negociaba con un chico que llevaba gafas de pasta y una camisa de cuadros el precio de una pluma que ella vendía como la herramienta perfecta de cualquier escritor en potencia, Susana recogía lo que una mujer le había pagado por el disfraz de polilla para su hija.

La mañana pasó sin demasiado ajetreo. A la hora de la comida, la madre de Bea apareció con unos sándwiches vegetales que las chicas se comieron debajo de la pérgola aprovechando que se habían quedado solas. Marcos se había ido a la biblioteca a estudiar porque en unos días tenía la selectividad y Mateo había acabado acompañando en su furgoneta a la señora Bosco, a Yocasta y a los tres perros a su casa. Eric tenía partido de fútbol esa tarde y había quedado en llamar a Lucía por la noche para preguntarle qué tal había salido todo.

—¿Cuánto llevamos recaudado ya? —preguntó Lucía.

Bea cogió la cajita de metal y se la pasó a Susana para que hiciera las cuentas. Empezó a sacar billetes y a contarlos. Después les tocó el turno a las monedas. Todas la miraban expectantes y en silencio.

Susana acabó de contar, volvió a guardar el dinero en la caja y miró a las chicas con expresión seria. Lucía se temía lo peor.

—¿Y bien?

—Todavía falta bastante.

—A este paso, al final voy a tener que invitaros a esa hamburguesa que os prometí si esto no funcionaba —les dijo Lucía recordando la apuesta que hicieron cuando tuvo la idea de los disfraces.

—Bueno, tenemos toda la tarde, tías —las animó Raquel.

Las chicas se dedicaron a sus sándwiches y al acabar se entretuvieron en colocar los objetos y la ropa que se habían ido desordenado durante la mañana. Después de que las visitara una familia (la primera en varias horas), cambiaron el disco por uno de The Clash. Ese era más movido y Frida comenzó a dar saltos siguiendo el ritmo. Como para levantar el ánimo, poco a poco, las demás fueron sumándose. Lucía les hizo una foto con el móvil y se la envió a Marta por WhatsApp. Su amiga le respondió enseguida:

«Ké nvidia!!!!!».

Se hicieron más fotos y colgaron algunas en Tuenti. Haciendo el tonto, Susana se tropezó y cayó fuera de la pérgola.

—¿Ha parado de llover? —preguntó mirando al cielo con los brazos abiertos.

Las demás la imitaron y comprobaron que, efectivamente, ya no llovía.

—¡Tías, mirad allí! —gritó Raquel señalando con la mano hacia la puerta del jardín.

Al obedecerla, se encontraron con que un río de gente estaba a punto de entrar en la casa.

—Parece que no voy a tener que invitaros a nada —anunció Lucía satisfecha.

Distinguieron a algunos compañeros del colegio, pero otros no les sonaban de nada. El anuncio de la radio había llegado lejos. Se miraron entre ellas perplejas: parecía que iban a pasar la tarde de lo más ocupadas. ¡Sí!

COSAS
ROPA
ROPA
DECO

Inicio Perfil Mensajes Gente Videos Buscar subir fotos

Lo hemos conseguido!!!! Gracias a todos!

FRIDA: Sois ls mjrs

MARTA: M hubiera gustado star

BEA: Siempre stas

FRIDA: Lo ems vndido ksi todo!!!

LUCÍA: S q todo l mundo tiene sueños

MARTA: I vosotras cumplis alguns

BEA: Nosotras! Tu tb

MARTA:

RAQUEL: M lo e pasado bomba

SUSANA: Inolvidabl

FRIDA: Ns vamos a Kdiz!

LUCÍA:

BEA:

MARTA:

32

Trece más

Las últimas tres semanas de curso pasaron volando. Marisa debía de estar amargada porque las chicas hubieran tenido tanto éxito en su rastrillo, a pesar de sus esfuerzos por evitarlo (su fiesta había sido, igualmente, espectacular, según los rumores que corrían por el colegio), y se pasó esos últimos días de clase haciéndoles la vida imposible con sus comentarios poco afortunados. Pero ellas no le prestaban atención. Tenían tanto por hacer que la reina de las Pitiminís les era indiferente: había que estudiar y hacer los trabajos que no habían podido casi tocar hasta entonces. Y como era la última evaluación, los profesores parecían sentir la necesidad de recrearse especialmente en maltratar a los alumnos triplicando los deberes. Además, las chicas habían tenido que sacar algo de tiempo de debajo de las piedras para preparar otro gran acontecimiento: el cumpleaños de Bea. Era el 23 de junio, justo el último día de clase y, también, el día antes de San Juan, la noche más larga del año.

Tenían tantas cosas que celebrar ese día que habían decidido prepararle una fiesta sorpresa. La escasez de tiempo las había obligado a hacer algo un poco improvisado en un local ubicado dentro de la urbanización de Frida que los vecinos destinaban a celebraciones varias. Así que, sin darse cuenta, acabaron su primer año en la ESO. Por suerte, las notas todavía tardarían algunos días en llegar, pero ¿qué mejor manera de celebrar todo eso que con un nuevo cumpleaños?

—¿A qué hora llega el avión de Marta?

Frida estaba colgando algunos globos en una cuerda que habían atado de un extremo a otro en una de las paredes del local de la fiesta.

—Dentro de una hora —respondió Lucía.

Marcos entró cargado con varias bolsas de refrescos, patatas, ganchitos... Detrás de él llegó Pablo, el hermano pequeño de Bea, a quien apenas veían porque se pasaba la vida delante de la Xbox. Llevaba una bandeja llena de medialunas, sándwiches y canapés. Lo dejaron todo encima de unas mesas al fondo del local y se acercaron a ellas.

—¿Os ayudamos? —se ofreció Marcos.

Desde que había pasado los exámenes de la selectividad se le veía mucho más relajado. Y más simpático con el mundo en general.

—Si puedes, cuelga estas guirnaldas por la pared de allí —le pidió Frida, y Marcos obedeció.

—Cómo lo tienes —la chinchó Lucía cuando el hermano mayor de Bea se hubo alejado.

—Últimamente me escribe más a menudo por WhatsApp...

—¿Para consultarte algún *stage*?

—No, para hablar. —Frida se encogió de hombros, como quitándole importancia.

Lucía sonrió porque aquello significaba que entre ellos ocurriría pronto algo, estaba convencida, por mucho que su amiga lo negara. Se pasaron la hora siguiente colocando todos los adornos y la comida en su sitio. Después se metieron en la habitación de Frida para cambiarse de ropa.

—Hola, Lucía.

La voz de Dani, el hermano de Frida, la sorprendió cruzando el pasillo cuando iba hacia el baño para maquillarse un poco. Se asomó a la puerta de su habitación y se lo encontró sentado en el suelo con un cómic abierto encima de las rodillas. Era igual que su hermana, pero con algunas tallas de más y en chico.

—¿Qué tal, Dani?

—Aquí, leyendo.

—¿Vendrás a la fiesta?

—No creo, Frida no me ha invitado.

—Pues te invito yo.

Dani sonrió y prometió pasarse un rato cuando acabara de leer. Lucía terminó de retocarse en el baño: para ese día había elegido los leggins azules, una camiseta larga con estrellitas y unas bailarinas plateadas. Al mirarse en el espejo sonrió pensando que si Aitana la viera en ese momento le diría que iba vestida de noche. Últimamente las rencillas entre las dos hermanas habían mejorado. Otro mérito del rastrillo de los sueños.

Ya arregladas, Frida y ella esperaron en el local a que fueran llegando todos los invitados. Susana y Raquel no habían podido ayudar a colocar las cosas, pero se presentaron las primeras. Aitor tampoco faltó. Se le veía un poco tímido, no se separaba de su hermana, con quien de vez en cuando compartía algún comentario al oído. Al poco llegaron Eric, Jaime y Raúl.

—Estás muy guapa.

Eric besó a Lucía en los labios y las demás empezaron a silbar. Así que lo cogió del brazo y se alejó un poco con él porque tenía que contarle una cosa.

—¿Te acuerdas de Kay?

El chico ensombreció el gesto y Lucía se dio prisa en explicarse: habían invitado al alemán a la fiesta porque tenía una teoría y quería comprobarla. Eric se pasó las manos por el pelo en un gesto algo hastiado.

—No me cae bien.

—Es por una buena causa...

—Tú y tus buenas causas.

Eric no pudo resistirse a la sonrisa de Lucía y volvió a darle un rápido beso en los labios aceptando prestarle la ayuda que necesitara. Así que cuando el alemán entró en el local con su sonrisa radiante y su ropa exquisita, Eric lo saludó amistoso dándole una palmada en el hombro.

—Gracias por invitarme, Lucía.

—De nada. Marta también va a venir, de hecho está al caer...

Lucía quería ponerle a prueba para comprobar cómo reaccionaba. Kay no la defraudó: se quedó momentáneamente paralizado y después disimuló, sonriendo de nuevo y quitándole importancia.

—Estará encantada de veros a todas —dijo.

Eric lo llevó hacia donde estaban sus amigos y así pasaron el rato charlando y procurando no acabarse la bebida y la comida antes de que llegara la cumpleañera. Lucía miró su reloj: no podía ser, ¡eran ya las siete!

—¿Mi reloj está bien?

Confirmó con Frida que no se le había estropeado y las dos comenzaron a preocuparse: Marta tenía que haber llegado hacía media hora. En unos minutos, Frida tendría que ir a buscar a Bea... Lucía llamó al móvil de Marta para preguntarle dón de se había metido, pero le salió el contestador. ¿Y si todavía estaba volando? Frida conectó el 3G y consultó la página de AENA. Efectivamente, el avión de Marta había llegado con retraso. Pero, según las informaciones, había aterrizado hacía media hora.

Justo en ese momento se abrió la puerta del local sobresaltándolos a todos: como si las hubiera estado oyendo en la distancia, Marta entró como una bala y corrió hacia Lucía, Frida, Raquel y Susana para abrazarlas muy fuerte. Se quedaron así un rato y, cuando al fin, se separaron, Lucía le echó la bronca y después hizo las presentaciones de aquellos que Marta no conocía.

—Bueno, a Kay sí que lo conoces...

—¡¿Qué?! —gritó Marta.

El alemán se separó de los demás chicos y se acercó a Marta.

—¿Qué tal, Martita?

Marcaba su habitual sonrisa más traviesa de lo normal.

—¡Que no me llames así!

Marta le dio un empujón. Tenía su normalmente pálido rostro sonrosado y en sus ojos se distinguía un brillo inconfundible. No estaba enfadada, para nada. Incluso se percibía una leve sonrisa en sus labios.

—Vale, vale. Perdona.

Kay le cogió la mano y le dio un beso, como Mateo había hecho con la señora Bosco. Maneras antiguas. Marta tragó saliva y no opuso resistencia.

—¿Te traigo algo de beber?

—Sí, por favor. Una Fanta de naranja.

Lucía aprovechó que Kay se alejaba para preguntarle a Marta qué había sido todo aquello. Entre susurros y dando la espalda al alemán para que no la oyera, Marta confesó al fin:

—Sé que es un idiota, pero me gusta. ¿Me vais a matar?

—Pero ¿por qué no nos lo dijiste? —quiso saber Lucía.

—Me daba vergüenza. Yo siempre he criticado a los chicos como él.

Marta miraba a Lucía porque sabía que a ella también le había gustado durante unos días, como le confesó por el chat aquella vez.

—No es tan malo.

—La verdad es que no sé si es verdad que se ha liado con tantas —confesó Marta.

—Aquí ha sido todo un caballero —afirmó Susana.

Marta les habló de esas maneras tan carcas que utilizaba Kay con ella. Al principio la ponían nerviosa, pero poco a poco le habían ido gustando... Le recordaba a uno de esos personajes que salían en las novelas románticas de Jane Austen.

—Para usted, señorita.

Kay le entregó el vaso de Fanta y Marta le dio las gracias sonriente. Después comenzaron a hablar de esos meses que habían pasado separados. Kay volvía en verano a Berlín.

—Así ya no podrás echarme de menos.

—¡Yo no te he echado de menos!

—Pues yo a ti sí.

Continuaron con los piques un rato, hasta que Frida se despidió porque debía ir a buscar a Bea a su casa. Marcos le preguntó si la acompañaba, pero ella lo rechazó porque su hermana sospecharía de que algo tramaban. Lucía cogió a Frida por banda ya fuera del local y la reprendió:

—¿Estás tonta?

—¿Por qué? —Frida la miraba con los ojos muy abiertos.

—Marcos quería ir contigo por algo...

Frida chasqueó la lengua.

—¿Tú crees?

—Sí, mojigata, sí.

Pero quedaba demasiado mal dar marcha atrás, así que Frida se maldijo y, antes de desaparecer, se animó diciendo que otra vez sería.

Lucía entró de nuevo y explicó a los demás cuál era el plan. Frida volvería en un momento con Bea, porque no vivía lejos. Así que debían apagar las luces y esconderse en silencio. La excusa que le iban a dar a la cumpleañera era que Frida tenía que recoger algunas cosas del local por órdenes de su padre antes de quedar con las demás.

—Qué nervios —confesó Susana.

—Pues sí. —Aitor le dio la razón.

Lucía apretó el interruptor y se quedaron todos en una densa oscuridad rota por la luz que se colaba por la rendija de la puerta, porque ahí no había ventanas. Eric aprovechó para besar otra vez a Lucía y ella por poco se derrite. Notaba el calor recorrerle todo el cuerpo. Tenía delante a Marta y a Kay y se fijó en que Kay cogía la mano de Marta y ella no la retiraba.

Unos ruidos en la puerta indicaron que Frida y Bea estaban llegando. En cuanto se abrió, Lucía dio al interruptor de la luz que tenía detrás y gritaron todos al unísono:

—¡Sorpresa!

Bea se llevó las manos a la boca y comenzó a gritar de la alegría. Las chicas corrieron a abrazarla y a tirarle de las orejas trece veces cada una.

—¿Cuándo has llegado? —le preguntó a Marta.

—¡Hace unos minutos!

Aitor se acercó también a ella y le deseó un feliz cumpleaños después de darle dos besos. Bea sonreía tímida y le dio las gracias. Estaba preciosa, con las mejillas sonrosadas y los ojos humedecidos de la emoción. Para ese día había elegido unos pantalones de hilo sueltos de color negro y una camiseta con una nube y un arcoíris.

Todos fueron felicitándola de uno en uno, y ella no dejaba de sonreír emocionada. Después llegó el turno de los regalos: un broche para la ropa con la forma de un violín, un bañador para llevarse al campamento... Aitor le regaló un CD de Yann Tiersen y Bea lo miró como si fuera un tesoro.

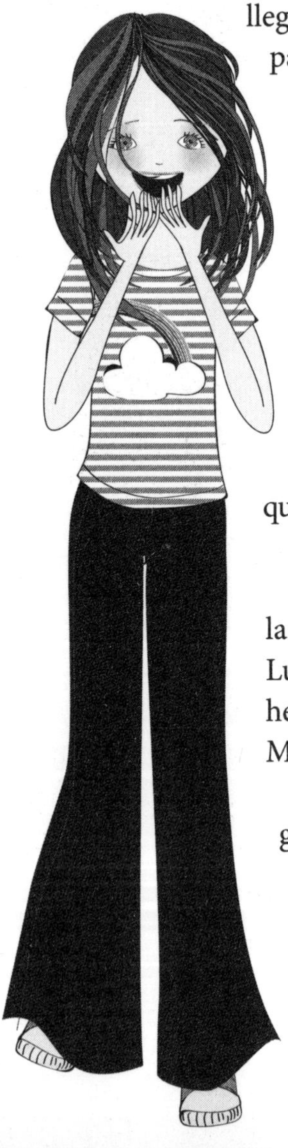

—¿Lo conoces? —le preguntó Aitor.

—¡Claro! Tengo algunos de sus discos. Pero este no.

—Vaya dos —se quejó Susana alejándose de los tortolitos, que comenzaron a hablar por su cuenta. —Soy la única desparejada.

Cogió a Lucía del hombro y apoyó la cabeza. Raquel hablaba con Jaime, Lucía estaba con Eric, Bea con su hermano, Marta con Kay y Frida con Marcos.

—¿Te molesta lo de Kay? —le preguntó Lucía cautelosa.

—¡Qué va! Es buen tío, pero creo que ahora no quiero saber nada de ninguno. Paso.

Lucía la miró con la boca apretada: eso sí que no se lo creía.

—¡Bueno, al menos, hasta que encuentre uno que me guste de verdad!

Las chicas se rieron. De fondo, comenzó a sonar desde los altavoces del iPod la voz de Justin Bieber. A Lucía le entraron unas ganas locas de bailar. Así que fue recogiendo a todas sus amigas de una en una y, abrazadas formando un círculo, comenzaron a bailar «All I want is you», la canción que les había hecho ganar el concurso de *Bravo* en marzo. Comenzaron a cantar también parte de la letra, sobre todo Frida, que era la que más aprendida se la tenía después de la actuación. Aquella había sido la primera aventura de El Club de las Zapatillas Rojas, y ahora habían vuelto a superar un nuevo reto: habían conseguido que Frida pudiera ir al campamento, algo que no podrían haber logrado sin el apoyo de todo el equipo (y sus ayudantes). Unido. Sí. Estaban preparadas para superar muchos retos más.

COSAS
ROPA
DECO

El Club de las

ZAPATILLAS ROJAS

El club de las
ZAPATILLAS ROJAS
LOVE
5
5
ANA PUNSET

El Club de las
ZAPATILLAS
ROJAS
¡Amigas forever!
ANA PUNSET

A LA VENTA
EN OCTUBRE DE 2014